Die Geschichten der Toten

1 bis 5

-

Erzählungen aus einer anderen

Perspektive

Anna Beli

Herstellung und Verlag:
BoD – Books on Demand, Norderstedt
ISBN 978-3-7386-1724-5

VORWORT

Marc legte den Grundstein für die Geschichten der Toten – Erzählungen aus einer anderen Perspektive. Er war der Erste, dem ich zuhörte und deswegen gehört er auch ganz an den Anfang dieser Buchreihe. Seine Geschichte veröffentlichte ich unter dem Titel ‚Wo das Leben endet und der Tod beginnt'.

Die Geschichten und die Erfahrungen der Beteiligten sind nicht meine. Deshalb ist es für mich manchmal schwierig, ihren Worten zu folgen. Brenda und Stefanio nutzen daher die Option mir durch Träume einiges mitzuteilen und nahe zu bringen.

Ebenfalls lerne ich immer wieder Wörter, dessen Bedeutung oder korrekte Schreibweise ich davor nicht kannte, kennen.

Eine wunderschöne Erfahrung, die das Leben bereichert, aber auch unheimlich sein kann und im Falle von Stefanio erschreckend. Aber jede Seele hat dasselbe Recht ihre Geschichte zu erzählen.

Dieses Buch beinhaltet die Erzählungen von Marc, der nur schnell etwas einkaufen gehen wollte und dabei auf einen Verrückten mit einer Pistole traf. Ein kurzer Moment der Sinnlosigkeit und alles veränderte sich für ihn. Viele Jahre fiel es ihm schwer mit der neuen Situation klarzukommen, doch dann fand er einen Weg.

Marie verunglückte als kleines Mädchen. Tillino, ein liebevoller Familienvater, wich nie von der Seite seiner Liebsten. Juliane war eine vielbeschäftigte Geschäftsfrau, die erst nach ihrem Tod zur Ruhe kam.

Rebecca suchte nach dem Tod ihr Baby. Nele ertrank und Joachim kam mit seinem Leben nicht mehr klar und beendete es selbst.

Suzie verschrieb sich einer Gruppierung. Malita verlor ihr qualvolles Leben auf brutale Weise und Randy versank mit seiner Frau Wendi im Drogensumpf.

Brenda arbeitete als Begleitperson für unterschiedliche Auftragskiller. Karl-Ludwig führte dagegen ein normales Leben. Für Chin Le wurde die große Liebe, zu ihrer besten Freundin, zum Verhängnis. Rupert wählte ein Leben ohne Obdach und fand dadurch sein großes Glück. Die Geschichte von Stefanio, einem mehrfachen Mörder, ist nichts für schwache Nerven.

Jorst fand nach einem turbulenten Leben seine Freude am Motorradfahren wieder. Elise erfüllte sich im hohen Alter noch einen großen Wunsch und für Jan bleibt Humor immer das Wichtigste.

MARC – WO DAS LEBEN ENDET UND DER TOD BEGINNT

Nervös und mit bedrückendem Gefühl stehe ich im Geschäft und klammer mich an meine Papiertüte, die ich fest in meinem Arm halte, mit den wenigen Lebensmitteln, die ich gerade eben erwarb. Ich wollte doch nur kurz etwas zu Essen kaufen, damit ich für meine Verlobte Jenny ein köstliches Essen zaubern kann. Und nun stehe ich hier mit einigen anderen Menschen und starre auf einen Verrückten der lachend mit einer Pistole vor uns umherfuchtelt.

Ich will mich nicht bewegen und traue mich auch nicht mit nur einer Wimper zu zucken, obwohl ich davon überzeugt bin, dass die Pistole nicht geladen ist. Er will uns damit nur einschüchtern.

Hoffentlich kommt bald Hilfe, die uns aus dieser Situation befreien kann. Ich verstehe nicht, warum er noch hier ist? Er hat doch schon alles erbeutet. Eine Frau beginnt leise zu weinen, verständlich in dieser bedrohlichen Lage.

Jede Minute dort kommt mir vor wie Stunden. So langsam gehen mir tausend Gedanken durch den Kopf. Hoffentlich komme ich hier heil hinaus, immerhin möchte ich in wenigen Tagen meine Liebste heiraten. Ich bin nur wenige Meter von der Tür entfernt, vielleicht könnte ich schnell hinausrennen, ohne, dass er schießt?

Ich könnte meine Tüte weit wegwerfen, sodass er

ihr nachsieht und dann losrennen! Oder vielleicht sollte ich ihn dann lieber überwältigen? Ich bin doch nicht feige und renne einfach weg, allerdings will ich auch nichts riskieren.

Abwechselnd hält er die Waffe auf die verängstigten Leute. Als ich in den Lauf der Waffe sehe, schaue ich ihn kurz in sein Gesicht. In seinem Blick liegt der blanke Wahnsinn. Ich mache lieber doch nichts und stehe es aus. Er geht einige Schritte zurück und hält sie immer noch in meine Richtung.

Ich schließe die Augen und denke an meine schöne Jenny. Gleich bin ich wieder bei dir.

Ein kurzer Knall schmerzt in meinen Ohren und eine Erschütterung lässt mich zusammenzucken. Die Leute beginnen zu schreien. Wurde der Irre endlich niedergestreckt? Vorsichtig öffne ich die Augen. Der Widerling steht leider immer noch da und krümmt sich vor Lachen. Wo ist meine Papiertüte? Ein Brennen zieht durch meinen Bauch und strahlt in den Rücken aus. Der Mann wirft mir seine Waffe vor die Füße und verschwindet durch die Tür. Ich sehe ihm nach und entdecke meine Mitstreiter, wie sie auf dem Boden niederknien. Langsam laufe ich zu ihnen. Jeder Schritt fühlt sich plötzlich so komisch an und die Schmerzen in meinem Unterleib werden unerträglich.

„Was ist passiert?", frage ich sie.

„Wir müssen einen Arzt rufen, SCHNELL!", kreischt die eine Frau hysterisch.

„Wo hat er ihn getroffen? Ich kann nirgends Blut sehen", stellt ein Mann fest und kramt hektisch nach seinem Telefon.

„Wer hat wen getroffen? Ist jemand von euch verletzt?", frage ich besorgt in die Menge und umfasse meinen Bauch. Ich verstehe nicht, woher der plötzliche Schmerz kommt und ziehe mein T-Shirt hoch. Ich begutachte meine Haut, doch ich kann nichts entdecken, das dieses furchtbare Gefühl auslöst.

Die Menschen beugen sich über Jemanden und verdecken mir so die Sicht. Meine Papiertüte liegt auf dem Boden und der Inhalt ist herausgefallen. Ich möchte alles aufsammeln, doch dann bricht Panik aus.

„Er hat keinen Herzschlag mehr! Wer kann Wiederbelebung?", fragt die Frau laut und die meisten Menschen um sie herum stehen auf und laufen wirr durch das Geschäft.

„Ich kann es!", sage ich und gehe zu ihr. Ich knie mich neben sie und halte immer noch meinen Bauch umschlossen. Ein Mann liegt am Boden. Komisch, er hat dieselben Sachen an wie ich. Ich bereite mich auf die Herzmassage vor, während die Frau noch Mund-zu-Mund-Beatmung macht und dabei sein Gesicht verdeckt.

„Ich habe es gelernt", sagt eine männliche Stimme gegenüber von mir und legt seine Hände zuerst auf den Brustkorb.

„Okay, ich glaube, ich brauche auch einen Arzt."

Schmerzverzerrt setze ich mich neben den leblosen Körper und halte meinen Bauch fest. Eine andere Frau rennt auf uns zu. „Habt ihr das gehört? Ich brauche auch Hilfe!" Ein Brechreiz überkommt mich und ich sehe zu dem Mann, der wippend auf dem Verletzten drückt.

„Endlich kommt der Arzt", schluchzt eine Frau und hält die Tür auf. Vier Männer betreten mit einer Trage das Geschäft, öffnen ihre Koffer und knien sich neben mich. Ich stehe auf und gehe einige Schritte weg, um ihnen Platz zu machen.

„Wenn ihr mit ihm fertig seid, könnt ihr mich dann bitte auch behandeln?" Sie reagieren nicht auf meine Frage, denn sie sind wohl zu sehr mit der brenzligen Lage beschäftigt. Die Schmerzen werden erträglicher und verschwinden unerwartet komplett.

„Er ist stabil für den Transport", sagt der eine Arzt. Sie öffnen die Trage und hieven den Mann zusammen auf das fahrbare Bett. Als sie an mir vorbeifahren, sehe ich dem Verletzten ins Gesicht und erstarre. Alles wird leer in mir und Tränen füllen meine Augen. Ich finde zu mir zurück, renne ihnen hinterher und springe in den Krankenwagen, bevor sich die Türen schließen.

Sie bearbeiten ihn immer noch mit vielen Gerätschaften. Ich stelle mich neben sie und sehe in mein Gesicht. „Wie funktioniert das?", frage ich leise. „Bin ich tot?" Überall piept es.

„Er muss sofort operiert werden! Sagt dem OP,

dass wir mit einer Schusswunde kommen!"

„Was?", frage ich den Arzt laut. „Eine Schusswunde? Wo?"

Ich sehe auf meinen liegenden Körper, der unbeschädigt aussieht. „Da ist kein Blut, es kann nichts sein! Wollt ihr mich verarschen?"

Fassungslos sehe ich zu dem Mann, der behutsam meine Haare aus dem Gesicht streicht. „Du schaffst das", flüstert er dabei. Die Fahrt ins Krankenhaus ist nur kurz, dann schieben Sie meinen Körper durch viele Flure. Ich bin ihnen dicht auf den Fersen, damit ich nicht ihre Spur verliere. In einem Raum machen sie Halt und zerschneiden meine Kleidung.

„Muss das sein?" Ich sehe auf meinen nackten Körper. „Könnt ihr nicht wenigstens etwas über mein bestes Stück legen?" Eine Frau erfüllt meinen Wunsch und bedeckt mit einer dicken Decke meinen Unterkörper. „Dankeschön und was mache ich jetzt?" Kopfschüttelnd betrachte ich mich und beobachte, wie sie meinen Bauch aufschneiden. „Das ist so unwirklich, ich muss doch zu Jenny. Bitte macht mich wieder gesund. Wir wollen doch in wenigen Tagen heiraten. Alles ist schon vorbereitet. Die Gäste sind schon eingeladen. Sollen die zu meiner Beerdigung kommen?"

Ich habe keine Ahnung von dem, was sie da tun. Sie gehen immer tiefer in mich hinein und wühlen sich vorsichtig durch meine Gedärme. Überall ist Blut. Sie suchen die Patrone, das weiß ich, aber mehr verstehe ich nicht von ihrem Fachchinesisch. Betrübt setze ich mich auf den Boden und lasse sie machen. Es vergehen mehr als drei Stunden – das kann ich an der Wanduhr sehen – bis sie mich in ein anderes Zimmer schieben.

Meine Mutter und meine Schwester stehen dort und weinen. Wimmernd streicheln sie mein Gesicht und bekommen kein Wort heraus. Ich stelle mich neben sie und versuche sie zu berühren. Das gelingt auch, aber sie zeigen darauf keine Reaktion.

„Vielleicht sollte ich mich auf ihn legen? Jetzt spreche ich schon so. Ich bin das doch. Vielleicht sollte ich mich auf mich legen, damit ich wieder eins bin und aufwache", erkläre ich den Beiden. Ich setze mich auf das Krankenbett und lege mich auf mich. Doch nichts passiert.

„Das funktioniert nicht", sagt eine fremde Stimme aus der Wand. Ich stehe auf und laufe auf sie zu. Ein Mann kommt aus ihr heraus.

„Das ist ja wie in einem schlechten Horrorfilm!", meckere ich ihn an. „Was passiert hier?"

„Du stirbst", sagt er kurz.

„Was? Aber ich will nicht sterben!" Wut durchzieht mich und lässt meine Hände zittern. „Ich will es wirklich nicht, ich bin noch jung und habe noch viel vor!"

„Das mag sein, aber es ist schon zu spät. Es ist nur noch eine Frage der Zeit, bis dein Körper endgültig stirbt und deine Seele weiterziehen kann."

„So ein Blödsinn, Seele, so ein Schwachsinn. Lass mich in Ruhe! Wer bist du eigentlich?", frage ich ihn und schwanke ständig zwischen Zorn und Verzweiflung.

„Ich bin auch vor einiger Zeit hier gestorben und genieße nun mein neues Leben. Ich kann überall hingehen, als Seele ist das wirklich toll."

„Das ist Unfug. Verschwinde!" Ich drehe mich von dem Vollidioten weg und laufe zu meinen Liebsten. „Wann kommt Jenny?", frage ich sie, wie ich es gewohnt bin und schüttle den Kopf über diese Gegebenheit. „Sie können mich nicht hören, stimmt ja. So ein Mist!"

Ich sehe auf meine Überreste und auf die vielen Maschinen. Mein Herzschlag ist gleichmäßig und scheint gesund. „Warum sterbe ich dann? Was ist die Ursache?" Wieder füllen sich meine Augen mit Tränen. Ich streiche sie weg und wundere mich, dass dieser Gefühlsausdruck überhaupt funktioniert – so ohne eigentlichen Körper.

Die Tür öffnet sich und ein Arzt betritt den Raum. Er bekundet ihnen sein Beileid. „Ey du Idiot, ICH BIN NICHT TOT!", schreie ich ihn an.

„Er hat starke innere Blutungen, wir versuchten sie zu stoppen. Die Patrone zersplitterte und einige Teile stecken in seiner Wirbelsäule. Es tut mir leid. Wir können nichts mehr tun."

Dumpf höre ich seine Worte. Meine Mutter fällt meiner Schwester weinend in die Arme.

„Das darf nicht sein! Ihr müsst mir doch helfen können?", frage ich ihn erschüttert. „Soll ich auch so jung sterben, wie mein Vater? Das ist ungerecht! Jenny." Die Gedanken zermürben mich, denn ich will nicht sterben. Warum fragt mich keiner? Ich lass mich auf den Boden fallen und stehe erst wieder auf, als meine Verlobte den Raum erhellt. Sie ist so wunderschön.

Ich bin der glücklichste Mann auf der ganzen Welt, seitdem sie an meiner Seite ist. Vor Trauer zerbrechend läuft sie tapfer an mein Bett und umarmt tröstend meine Mutter und meine Schwester.

Ich stelle mich zu ihnen, aber ertrage nicht lange ihre Gegenwart. Nicht so, wie sie jetzt ist. Also lehne ich mich an eine Wand, die weiter entfernt von ihnen ist und beobachte sie still. Es vergehen nur wenige Stunden, bis das Maschinenpiepen verstummt und eine unheimliche Ruhe den Raum erfüllt. Meine drei wichtigsten Menschen stehen um mich herum und betrachten mich zum letzten Mal. Sie küssen mich nacheinander und verlassen weinend den Raum. Ich möchte ihnen hinterher gehen und vieles sagen, doch ich kann nur noch denken und bleibe stehen. Bin ich jetzt tot? Was passiert nun?

Fremde Menschen in Angestelltenkleidung laufen auf mich zu und bedecken mein Gesicht mit der Decke. Sie schieben das Bett wieder durch die Flure in einen Fahrstuhl. Ich folge ihnen und sehe das erste Mal eine echte Leichenkammer. Ich habe es schon in so vielen Filmen gesehen, aber nun in einer richtigen zu stehen und dann auch noch so, das ist ein unbeschreiblich merkwürdiges Gefühl.

Sie verfrachten mich in ein Kühlfach und verlassen den Raum. Ich sehe zu den fünf anderen Menschen, die in dieser Kammer auf dem Boden hocken. Ich tue es ihnen gleich. Keiner redet, nur die Gedanken wirbeln durcheinander. Immer wieder muss ich an Jenny denken und an unsere bevorstehende Hochzeit. Kinder, die ich mit ihr haben wollte. Mindestens drei sollten es sein und nun? Jetzt hocke ich hier und bin so weit entfernt von ihr.

Ständig werden neue Leichen gebracht oder andere abtransportiert. Ab und an hängt ein Geist oder was auch immer das sein soll, an ihnen und verweilt dann dort mit uns.

Endlich kommen zwei reale Menschen und öffnen mein Schließfach. Sie nehmen mich mit und ich setze mich zu ihnen, in den Leichenwagen.

Wir fahren auf einen Flugplatz und ich werde in den Gepäckraum gestellt. Ich bleibe kurz bei mir, finde es dann aber blöd dort und laufe durch die Wände, bis ich die Passagiersitze gefunden habe. Hinter mehreren Sonnenbrillen erkenne ich meine Angehörigen.

Jenny sitzt am Fenster und schaut starr hinaus. Meine Schwester und meine liebe Mutter schauen nur zum Boden. Ihre Gesichter sehen schrecklich aus. Wie wohl ihre Augen jetzt aussehen? Ich gehe ganz dicht an ihre Brillen und gucke durch das dunkle Glas. Das wenige, das ich sehe, sieht sehr traurig aus. Das bedrückt mich noch mehr.

Ich knie mich vor Jenny und bleibe den ganzen Flug bei ihr. Man bietet ihr Essen und Trinken an, aber sie fixiert nur das Fenster. Ihr Anblick zerreißt mich. Ich will sie schütteln und ihr sagen, dass ich noch da bin. Aber kein Wort schafft es, meine Lippen zu verlassen.

Als wir landen, wird mein Leichnam wieder mit einen großen, schwarzen Wagen abtransportiert. Ich lass ihn ziehen und bleibe bei Jenny. Tag und Nacht sitze ich an ihrer Seite und beobachte sie beim weinen. Wie gerne würde ich sie trösten, doch sie reagiert auf keine meiner Berührungen.

Ich begleite sie, wenn sie sich mit Freunden oder meiner Familie trifft, um alle Angelegenheiten zu regeln. Wenn sie mit meiner Mutter versucht, etwas zu essen. Meine arme Mutter.

Ich bewundere Jenny, wie sie sich schick macht, so wie es sie es wohl für unsere Hochzeit gemacht hätte.

Nur mit dem Unterschied, das das schöne weiße Kleid im Schrank hängenbleibt und sie in etwas Schwarzes schlüpft.

Ich setze mich neben sie ins Auto, welches uns einen bekannten Weg chauffiert. Ich kenne ihn in und auswendig.

Wie oft fuhr ich ihn, in meinem eigenen Auto und

besuchte meinen Vater.

Vor dem großen, dunklen Eisentor bleibt die Limousine stehen. Mit gesenktem Kopf laufen wir den Weg zu der Kapelle, wo sie von allen umarmt und getröstet wird. Was haben Sie für ein Glück, sie streicheln zu können.

Ich laufe nach vorne zu meinem, mit vielen gelben und weißen Blumen geschmückten, Sarg. Ich berühre das Holz und verliere jegliche Fassung. „Ich kann nicht tot sein!", brülle ich alle Gefühle aus mir heraus. Ich drehe mich zu meinen Ehrengästen, die eigentlich alle glücklich auf unserer Hochzeit erscheinen sollten. Nun macht jeder ein furchtbar, trauriges Gesicht. Alle halten sich Taschentücher vor die Augen und schütteln hin und wieder mit ihren Köpfen. „Das kann doch nicht wahr sein? Ich bin nicht tot!", schrei ich ihnen entgegen.

„Marc?"

Eine leise Stimme, die ich das letzte Mal mit sieben Jahren hörte, ertönt hinter mir. Jetzt schüttle ich mit dem Kopf. „Ich bin nicht tot und es kann nicht deine Stimme sein!"

„Doch mein Sohn, du bist tot."

„Das ist unfassbar! Vater?" Bestürzt drehe ich mich zu ihm und sehe in seine Augen, die noch genauso funkelnd aussehen, wie in meiner Erinnerung. „Vater?", schluchze ich.

„Mein Sohn." Sehr ergriffen umarmt er mich.

Ich sehe wieder auf meinen Sarg und erinnere mich an seine Beerdigung. Wie ich als kleiner Junge vor dem Sarg stand und nicht begriff, dass dort mein Vater drinnen liegt und er nicht einfach aufsteht. Meine Mutter versuchte mir damals liebevoll zu erklären: „dass er nie wieder zu uns zurückkommt". Es war eine schreckliche Zeit.

„Warum bist du hier?", frage ich und löse mich aus seinem Griff.

„Wegen dir."

„Wie oft habe ich mir das gewünscht, aber jetzt?" Mir fehlen die Worte. Ich senke meinen Blick und höre die Worte des Redners, der mein Leben erzählt und Dinge preisgibt, die ich nicht möchte.

„Du hattest ein schönes Leben, ich bin stolz auf dich", sagt mein Vater. Ich will seine Worte nicht hören, sie machen mich nur traurig. Fassungslos sehe ich zu Jenny, die sich wacker auf ihren Stuhl hält. Was sie wohl jetzt denkt?

Als meine Mutter beginnt eine Rede auf mich zu halten, verlasse ich die Kapelle. Ich will es nicht hören, ich bin nicht tot! Ich hatte noch soviel vor! Es kann nicht zu Ende sein, nur wegen einer kleinen Kugel, die dort nicht hätte sein dürfen. Warum hat dieser Idiot wirklich auf mich geschossen? Ich hoffe, er bekommt dafür seine Strafe.

Ich setze mich auf die Lehne der Steinbank, mit dem Blick auf das kleine Gebäude und warte, bis sich die Türen öffnen. Mein Sarg wird von vier

Männern getragen. Meine Mutter, Jenny und meine Schwester laufen hinter ihm. Dann kommen meinen anderen Angehörigen und meine Freunde. Als letztes verlässt mein Vater das kleine Gebäude und ich laufe mit ihm der Menschenmenge hinterher.

Wir gehen denselben Weg, wie damals bei ihm. Erst lange geradeaus, dann einmal rechts abbiegen und dann nach einer Weile dem linken Weg folgen. Und schon stehen wir vor seinem Grabstein und schauen auf das große Loch daneben.

„Sie begraben mich neben dir? Das glaub ich nicht! Ich will das nicht! Ich bin nicht tot!"

„Doch, das bist du. Du musst lernen, es zu akzeptieren."

„NEIN!" Ich schüttle den Kopf über seine Worte und verfalle in pubertäres Verhalten, welches er nie kennenlernen konnte. „Lass mich in Ruhe! Geh weg! Du hast uns damals verlassen, jetzt brauchst du auch nicht mehr kommen!"

„Ich habe euch nicht verlassen", sagt er ruhig, wie ich es immer von ihm gewohnt war. „Ich starb an einer Komplikation und daran trägt niemand die Schuld. Es ist halt passiert und ich war damals auch sauer, denn ich wollte lieber bei euch sein."

„Ja genau!" Ich glaube ihm kein Wort!

„Wenn das vorbei ist, komm mit mir. Ich zeige dir, wie man jetzt lebt."

„Nein, ich bleibe bei Jenny."

„Das bringt dir nichts. Ich war damals auch sehr

lange bei euch, bis ich bemerkte, dass es keinen Sinn hat. Nehme meine Erfahrung und lerne schneller als ich, sonst leidest du nur."

„Vielleicht ist sie auch bald bei mir? Sie wird ohne mich nicht leben können und sich garantiert umbringen!"

„Was redest du da? Sohn, das ist egoistisch. So darf man nicht denken. Sie wird lernen, ihr Leben ohne dich zu meistern. Deine Mutter war doch auch so tapfer. Glaubst du, Jenny ist nicht so stark?"

„Das hat nichts mit Tapferkeit oder Stärke zu tun. Ich weiß, wie Mutter gelitten hat. Sie hielt nur durch, weil sie uns hatte. Wir waren ihre Stützen. Aber Jenny und ich, wir haben keine Kinder. Sie wird sich umbringen", antworte ich hoffnungsvoll und beende das Gespräch.

Mein Vater geht zu meiner Mutter und streichelt ihr liebevoll die Schulter. Danach löst er sich einfach auf und ist verschwunden.

Ich sehe zu Jenny und verliere mich in totaler Verzweiflung. Was soll ich jetzt machen? Wie geht es weiter?

Die nächste Zeit verläuft wie ein Traum. Ich bekomme nicht viel mit, aber weiche nicht von der Seite meiner Süßen. Sie leidet still vor sich hin. An unserem eigentlichen Hochzeitstag nimmt sie ihr traumhaftes Kleid aus dem Schrank, stellt sich vor den Spiegel und hält es vor sich.

Ich beobachte das traurige Bild von unserem Bett

aus, auf dem sie sich danach in den Schlaf weint. Ich liege neben ihr und streichle ihr andauernd die Haare, in der Hoffnung, dass sie es doch ein wenig spürt. Weinend wacht sie wieder auf und so vergehen die nächsten Tage. Ab und an kommen unsere Freunde sie besuchen und schenken ihr neue Kraft.

Wenn sie auf den Friedhof geht, bleibe ich am Tor stehen und warte, bis sie zurückkommt. Es vergehen drei Monate, bis ich sie wieder lachen sehe. Es berührt mich so sehr, das ich die Worte meines Vaters verstehe und meine eigenen bereue. Diese Gedanken und die Hoffnung, dass sie aufgibt und sich etwas antut. Zum Glück machte sie es nicht. Auch sie ist jung und hat noch das ganze Leben vor sich. Es tut mir weh, dies einzusehen und es schmerzt, dass es nie wieder so sein wird, wie früher. Ich kann das weitere Leben nicht mehr normal mit ihr verbringen, also mache ich es auf diese Art.

Ich sitze in der Ecke des Wohnzimmers und beobachte Jenny beim fernsehen, als ein dunkler Mann vor mir erscheint. Vertraut sehen wir uns an. „Wer bist du?", frage ich ihn leise.

„Das ist egal. Ich brauche deine Hilfe bei Anna", antwortet er und streicht sich seine dunklen, langen Haare aus dem Gesicht.

Verständnislos sehe ich ihn an. Ich weiß nicht, wer er ist, wobei ich das Gefühl habe, dass dies nicht stimmt. Ich möchte es nur nicht zulassen. „Ich kenne dich nicht und auch keine Anna. Verschwinde!"

„Wie lange willst du hier noch sitzen?", fragt er mich genervt.

„Das geht dich nichts an! Solange, wie ich will! HAU AB!", entgegne ich sauer. Doch das tut er nicht, sondern er setzt sich neben mich. Eine Weile bleiben wir ruhig, bis es mich dermaßen nervt, dass ich auf seine Worte eingehe. „Wobei brauchst du Hilfe? Wie sollte ich dir überhaupt helfen? Warum? Lass mich in Ruhe! Wer auch immer du bist!" Ich bin nur noch durcheinander und fühle mich von allen Situationen überfordert.

Er seufzt. „Wenn du dich nicht an mich erinnerst, dann doch sicherlich an unsere Verbindung?"

„Was soll das sein? Welche Verbindung? Nein! Lass mich in Ruhe!" Kopfschüttelnd erfüllt er mir meinen Wunsch und löst sich auf. Ich setze mich zu Jenny auf die Couch und beruhige mich so schnell. Zusammen sehen wir viele alte Filme, die immer zu unseren Favoriten gehörten. Dadurch fühle ich mich lebendig und es ist FAST wie früher.

Dieser Typ erscheint aber nun jeden Tag bei uns und zerstört dieses Gefühl wieder. Immer äußert er seine Bitte, um meine Mithilfe. Ich will davon nichts hören, auch wenn mir so langsam dämmert, was er meint.

Ich bin ihm vor ewiger Zeit begegnet und es war nicht in einem Menschenleben. Umso länger ich darüber nachdenke, umso mehr fällt mir davon ein. Die vielen Leben, die ich schon lebte und was dabei geschah.

Es verwirrt mich total, sodass ich bei seinem nächsten Kommen entscheide, mit ihm zu gehen. Er ist sehr froh darüber und bringt uns binnen Sekunden an einen anderen Ort.

Ich fühle mich wie in einem Sciencefiction-Film und bin begeistert über diese Art der Bewegung. „Kann das Jeder?"

„Ja natürlich", antwortet er. Also versuche ich es ebenfalls. Ich stehe kurz bei Jenny, die sich gerade einen Tee in der Küche kocht und binnen Sekunden wieder bei ihm.

„Das ist super. Wo sind wir hier?" Ich sehe in das kleine Zimmer, welches einem typischen Mädchenzimmer entspricht, weil es so damals bei meiner Schwester auch aussah.

Die Wände sind zugeklebt mit Postern von diversen berühmten Jungs. Typisch pubertierende Weiber, die bei einem nackten Körper von denen hysterisch schreien würden, bis sie die Ohnmacht ereilt.

„Wir sind bei Anna, da kommt sie", sagt er erhaben und ich drehe mich zu dem Mädel, das das Zimmer betritt. Sie schaut uns kurz direkt in das Gesicht, als würde sie uns sehen. Danach läuft sie zu einem Stuhl, setzt sich an einen Tisch und malt.

Der Mann läuft ihr hinterher und streichelt durch ihre Haare. Erschrocken dreht sie sich um. „Kann sie uns wahrnehmen?", frage ich hoffnungsvoll und tausend Gedankenoptionen schießen durch mich hindurch, wenn es so wäre.

„Ja, sie spürt uns."

„Mehr nicht?"

„Mehr nicht? Das ist mehr, als viele andere Menschen können", belehrt er mich.

„Und wobei soll ich dir jetzt helfen?"

„Ich möchte ihre Wahrnehmung noch mehr verbessern, damit sie uns auch hören und sehen kann. Denn ich muss noch einiges mit ihr aufarbeiten und du eigentlich auch."

„Wie willst du das erreichen?", frage ich enthusiastisch und denke an meine Vorteile, die ich dadurch verwirklichen könnte.

„Durch Träume und die ständige Gegenwart von uns, wird sie sensibilisiert. Ich verwickelte sie schon in Alpträume, damit sie sich an unser früheres Leben erinnert. Aber dadurch bekam sie Angst und verstand nichts. Also muss ich das etwas ändern."

„Sie ist noch jung, wie alt wird sie sein? Neun oder zehn?", rate ich munter vor mich hin.

„Sie ist zehn."

„Da kannst du ihr doch nicht mit Alpträumen kommen?! Die Arme. Sie ist noch ein Kind!" Ich stelle sein Vorhaben in Frage und bedenke dann aber wieder die Möglichkeiten, wie ich durch sie in Kontakt mit Jenny treten könnte. Wir beobachten lautlos ihren Alltag und berühren sie immer wieder, damit sie sich an uns gewöhnt. Als sie sich zum schlafen in das dunkle Zimmer legt, zeigt mir der Mann, wie er ihr Bewusstsein beeinflusst.

Er umfasst ihren Kopf und lässt sie Bilder sehen, die er entscheidet. Ich sehe es mir kurz mit an, indem ich meine Hand auf seine lege. Er foltert sie so mit schrecklichen Träumen über Monster. Ich bringe ihn kurz davon ab und beende meine Zusammenarbeit mit ihm. Ich möchte das Leben des Mädchens nicht zerstören und bewege mich wieder zu Jenny.

Traurig sitzt sie auf unserer beigen Couch, eingemurmelt in ihre Lieblingsdecke. Der Fernseher unterhält sie dabei, so gut er kann. Ich dachte, sie hätte ihre Traurigkeit schon überstanden, nachdem ich sie so herzlich lachen sah.

Ich setze mich neben sie und bleibe die nächsten Monate an ihrer Seite. Ich gewöhne mich an dieses Zusammensein und verfolge ihre Stimmungsschwankungen, bei dem Durchlauf des Trauerprozesses. Sie steht jeden Tag anders auf. Wie gerne würde ich mich mit ihr unterhalten. Und dann fällt mir wieder Anna ein. Vielleicht sollte ich mich doch an dem Vorhaben von diesem Mann beteiligen?

Jenny verlässt unser Haus, um sich mit einer Freundin zu treffen, also schaue ich nach dem Mädchen. Ich stehe neben ihr, doch sie ist nicht in ihrem Zimmer. „Ich kann mich also direkt zu dir bringen?", frage ich sie unbewusst und schaue auf die Schultafel, auf die sie ebenfalls starrt.

„Ja, weil du auch eine Verbindung mit ihr hast." Der dunkle Mann ist ebenfalls bei ihr und sitzt auf dem Lehrertisch.

„Das ist unfassbar!" Ich verstehe vieles davon noch nicht. Von diesem ganzen Leben nach dem Tod. „Es ist schon ewig her, dass ich dies in der Schule lernte. Sie hat noch alles vor sich. Willst du das wirklich kaputt machen?", frage ich den Mann.

„Ich mache nichts kaputt. Sie wollte es in diesem Leben lernen und ich unterstütze sie dabei."

„Unterstützen? Das kommt mir nicht so vor."

„Du hast doch auch nicht alles gesehen, in dem kurzen Moment, den du da warst. Ich bin schon die ganzen Jahre bei ihr. Nur komme ich nicht damit klar, wie sie als Mensch funktioniert. Das Seelenleben ist komplett anders. Ich war nie ein Mensch, aber du. Ich kann viel von dir lernen, wenn du mich lässt."

„Das ist mir zu kompliziert. Seelen? Ich hoffte immer auf ein Leben nach dem Tod, als mein Vater starb. Ich habe es mir so sehr gewünscht, dass er sich nur einmal meldet. Aber das tat er nie und ich sah es als Ablehnung und begann ihn zu hassen. Ein junger Mensch kann noch nicht mit dem Thema Tod umgehen. So wird es auch bei ihr sein. Du zerstörst sie, warte noch ein paar Jahre."

„Ich kann noch zwei Jahre mit den nächsten Träumen warten."

„Dann ist sie zwölf, das macht es nicht besser! Warte, bis sie 16 ist oder am besten 20."

„Nein!" Er springt von dem Tisch runter, läuft auf mich zu und bleibt dicht vor mir stehen. „Die Zeit habe ich nicht. Sie sollte so früh wie möglich damit konfrontiert werden. Sonst hat es keinen Sinn mehr. Ich lass die Alpträume in den zwei Jahren weg, aber nicht die Berührungen. Du solltest auch oft bei ihr sein, damit sie eure Verbindung spürt. Ihr habt nämlich viel mehr Probleme zusammen, als du denkst."

„Und du meinst wirklich, dass wir irgendwann mit ihr sprechen können und sie uns antworten kann?"

„Auf jeden Fall!" Ich laufe zu ihr und streichle durch ihre Haare. Sie dreht sich um und schaut ihren Hintermann komisch an.

So vergehen die nächsten zwei Jahre. Ich bewege mich zwischen Jenny, meiner Mutter, meiner Schwester und Anna hin und her. Ich möchte an jedem ihrer Leben teilhaben.

Meine Schwester heiratet in der Zeit und es ist schön für mich, dass ich bei diesem wichtigen Ereignis dabei war. Auch wenn es mich immer noch wurmt, dass sie mich nicht sehen können, versuche ich mich mit dieser Gegebenheit zu arrangieren. Bei Anna klappt das dafür schon besser, sie sieht mich sehr oft an. Ich freue mich schon auf den Tag, an dem ich ihr etwas für Jenny ausrichten kann.

Ein dritter Toter ist bei unserem Vorhaben hinzugekommen, um sie von unserer Existenz zu überzeugen. Wir sind so vernarrt dabei, dass wir vergessen darüber nachzudenken, wie es wohl für sie ist. Sie verändert sich stark, malt im Unterricht nur noch

Kreuze und ist von dem Thema Tod und Geister fasziniert. Sie entwickelt eine unterbewusste Todessehnsucht, die sie aber erst nach elf Jahren feststellt. Das ist auch die Zeit, in der wir es das erste Mal schaffen, mit ihr richtig zu kommunizieren.

Wahnsinn, wie langsam die Tage vergingen, als ich ein Mensch war. Nun im Tod ist das anders. Ich sehe nur an den Lebendigen, wie die Zeit vergeht. Für mich selbst, fliegt sie einfach unbeschadet an mir vorbei.

Als wir es schaffen mit Anna zu reden, bin ich überglücklich und gehe zu Jenny. Ein Mann ist bei ihr und küsst sie. Geschockt stehe ich da und beobachte beide beim Liebesspiel. Sie hatte die ganze Zeit keinen anderen an sich herangelassen und nun war ich einige Monate nicht bei ihr, um mich intensiv mit Anna zu beschäftigen und sie betrügt mich?!

Fassungslos stehe ich an der Wand und sehe ihnen zu. Alles in mir schmerzt und es fühlt sich an, als würde dieser Anblick mich zerfetzen. Dennoch zwinge ich mich dazu und versuche unter seelischen Schmerzen, es zu verstehen. Warum tut sie mir das an?

Sie heiratet ihn kurz darauf und ich begreife nichts mehr. Sie war meine Braut! Noch vor kurzem hielt ich um ihre Hand an und nun? Was ist passiert? Ich suche Antworten und versuche mich zu erinnern, doch es fällt mir sehr schwer.

Ich habe es nie geschafft zu verarbeiten, was da

mit mir geschah. Ich lebte einfach bei den Menschen weiter und vergaß dabei die letzten Jahre meinen eigenen Tod.

Und dann kommen plötzlich viele Gefühle in mir hoch. In den Vordergrund rückt der Hass! Ich wollte nicht sterben?! Und trotzdem geschah es!

Hilfesuchend wende ich mich an Anna. Doch auch wir haben noch viele alte Probleme aus anderen Leben miteinander, die unseren Kontakt erschweren.

Sie zweifelt immer wieder an unserer Existenz und das macht mich sehr wütend. Ich stehe vor ihr und sie beachtet mich nicht. Ich versuche Gegenstände nach ihr zu werfen, doch ich greife nur durch sie hindurch. Ich trete gegen einen Wandhaken, der sich löst und ihr vor die Füße fällt. Sie reagiert geschockt und will jeglichen Kontakt unterbinden.

Weitere Jahre ziehen an mir vorbei. Ich will nicht mehr zu Jenny gehen. Ich möchte nicht sehen, wie sie ein anderer Mann glücklich macht. Das war meine Aufgabe!

Auch von meiner Schwester und meiner Mutter halte ich mich fern. Von dem ganzen Leben, das mich mit Marc verbindet. Ich suche andere Plätze, an denen ich mich wohl fühle. Das ist der Vorteil als Toter. Es gibt keine Begrenzung. Kein Platz, den ich nicht erreichen kann. Egal wohin, ich kann überall hin. Ich verbringe viel Zeit auf einem Planeten, den mir der andere Mann zeigte, der auch mit Anna verbunden ist. Lange verweile ich dort, sitze am Strand und sehe in das weite dunkle Meer, welches endlos ist. Ich lasse auch den Kontakt mit Anna ruhen. Was sollte ich noch bei ihr? Sie diente nur dem Zweck, Jenny etwas auszurichten. Aber das hat sich erledigt.

Ich genieße die Stille und harre aus, bis der eine Mann mich besucht. Namen sind Schall und Rauch, das stellte ich schon lange fest. Es ist eine menschliche Eigenschaft, alles benennen zu wollen.

Er verwickelt mich in ein Gespräch, wodurch ich bemerke, wie viel wir gemeinsam haben. Auch er war einmal ein Mensch und starb früh. Er trug genauso keine Schuld daran, wie ich. Aber er kommt scheinbar besser damit klar, zumindest macht er den Eindruck.

Durch ihn fühle ich immer mehr, wie wenig ich damit klarkomme. Ich bitte ihn um Hilfe, doch er verweist mich auf Anna. Ich sehe darin keinen Sinn und bleibe einfach sitzen.

Er verschwindet und taucht irgendwann mit dem dunklen Mann wieder auf. Sie ersuchen meine Unterstützung. Da ich mich langsam langweile, folge ich ihnen in die Wohnung von Anna.

Sie hat sich sehr verändert, es müssen einige Jahre vergangen sein. Sie hat plötzlich ein Baby und wirkt reifer. „Sie ist wieder schwanger", sagt der eine Mann. „Du solltest ein neues Leben beginnen, wenigstens ein Teil von dir. Das wird dir garantiert helfen."

Der Mann erklärt mir, wie ich das anstelle und ich

spalte einen Teil meiner Seele von mir ab. Traurig sehe ich in die leeren Augen des Mannes, der mir bis auf das letzte Haar gleicht. Er springt in ihren Körper und verschwindet in ihrem Bauch. Ich spüre, wie ein Teil der Verzweiflung von mir abfällt. Schlagartig fühle ich mich besser und bin voll neuem Tatendrang.

„Wir machen nicht viel mit ihr, aber wir müssen Sie weiter bearbeiten, damit sie uns nicht vergisst", erklärt mir der dunkle Mann. „Denn leider neigt sie schnell dazu, uns zu vergessen."

„Er selbst kann dabei aber nicht mehr weitermachen, weil sie inzwischen mit Angstattacken auf ihn reagiert", erklärt mir der Andere. „Deshalb brauchen wir deine Hilfe!"

Ich teile mir die Zeit mit ihm, um bei ihr zu sein, wie in Schichten ein. Sie sieht uns nicht mehr, aber sie spürt uns.

Einige Monate später bin ich bei meiner eigenen Geburt dabei. Es ist toll, dies zu sehen. Wenn ich möchte, kann ich vollständig in das Baby eintauchen und das Unbekümmerte genießen.

In den Nächten versuchen wir ihr Kraft zu schenken, damit sie durch zwei kleine Kinder nicht zuviel Energie verliert und wir uns später erneut vermehrt mit ihr beschäftigen können.

Durch die wieder entstandenen Gefühle, vermisse ich meine Mutter immer mehr. Ich beschließe, sie zu besuchen. Doch als ich nach so langer Zeit vor ihr stehe, verwirrt es mich nur.

Ich flüchte mich in mein neues Leben und tanke dabei Kraft. Aber auch dies kann nicht ewig so weiter gehen, also verlasse ich den Kleinkindkörper wieder. Ich versuche meinen Tod anzunehmen, es zu akzeptieren und besuche immer wieder meine Mutter.

Doch immer wenn ich sie sehe, fällt es mir nur schwerer. Ich gehe mit dem Vorsatz hin und verliere mich, wenn ich vor ihr stehe und sie mich nicht beachtet. Kein „Hallo Sohn, wie geht's?" Keine herzliche Umarmung! Ich verfalle in alte Muster und bin nur noch wütend.

Der eine Mann erklärt mir: „dass Anna diese verknoteten Stricke in mir lösen könnte, aber dafür hat sie momentan keine Zeit. Sie muss vorher noch ihre eigenen Knoten lösen." Er wiederholt immer wieder: „das wir uns gegenseitig helfen können. Eine Hand wäscht die andere."

Mich nervt das aber total. Ich will, dass sie mir sofort hilft! Trotzig gehe ich zurück an meinen Strand und werde von meinem Vater überrascht.

Jetzt freue ich mich, ihn zu sehen. Wenigstens einen aus meiner Familie, den ich umarmen kann und der mit mir redet. Ich hoffe, dass ich mit ihm meinen Tod verarbeiten kann, doch wir merken schnell, dass es nicht klappt. Für ihn, bin ich noch der kleine Junge von damals. Ich erzähle ihm von Anna und er kann sich das gar nicht vorstellen. Also besuchen wir sie, worüber sie dermaßen geschockt ist, dass sie kein Wort heraus bekommt.

Er findet es toll, dass die Kommunikation zwischen uns funktioniert und meint: „wir sollen weiter daran arbeiten". Er erklärt mir, wie ich zu ihm finden kann, wenn ich es möchte und geht wieder seine eigenen Wege. Ich muss es mir nur vorstellen und schon könnte ich bei ihm stehen. Die Vorgehensweise ist dieselbe, wie wenn ich meine Mutter besuche oder an meinem Strand sein will.

Dort bleibe ich die nächste Zeit und warte auf den Moment, an dem der andere Mann zu mir kommt und „jetzt" sagt.

Gemeinsam stehen wir bei Anna und sie kann uns wieder sehen. Aber sie versteht nicht, was wir bei ihr wollen. Wir versuchen es ihr zu erklären. Sie entscheidet sich dafür, die alten Probleme zu lösen und den dunklen Mann in ihr Leben zu lassen. Er erzählt uns Nacht für Nacht alte Geschichten. Ich will davon nicht viel hören, denn diese Probleme habe ich schon vor Jahrtausenden verarbeitet. Dennoch steh ich ihr bei und höre mir den Müll mit an.

Dieser Weg ist schwerer, als ich am Anfang dachte. Ich erinnere mich dadurch wieder an das Seelenleben, wie es eigentlich sein soll. Und das hat mit einem Menschenleben nicht viel zu tun.

Es vergehen Monate, bis sie endlich mit der Seelenarbeit fertig sind und sie sich mir widmet. Auch ihr hat der andere Mann, im Bezug auf mich, immer wieder erklärt: „dass eine Hand die andere wäscht." Sie sieht schnell, wo mein Problem liegt. Dass ich mit meinem Tod nicht klar komme.

Sie erklärt mir: „dass sie dies schon vor Jahren begriff, aber nie wusste, wie sie mir hätte helfen können".

Inzwischen wissen wir beide, dass reden und schreiben die beste Therapie ist. Sie hört mir zu, Wort für Wort, wie ich ihr aus meinem Leben und von meinen Tod erzähle. Ich zeige ihr Szenen, indem ich sie berühre. Dadurch kann sie mit mir mitfühlen und es besser niederschreiben.

Durch jeden Buchstaben, den sie für mich schreibt, verarbeite ich mein Leben und den Zeitpunkt des Todes. Bewusst durchlaufe ich noch einmal jeden Augenblick. Ich kann es nicht ändern und auch nicht rückgängig machen, also bleibt mir nichts anderes übrig, als es zu akzeptieren, loszulassen und es als Vergangenes zu betrachten.

Sie redet mit mir über Jenny. „Dass wenn Jenny dann tot ist, wir uns beide wieder haben". Aber das sehe ich nun anders. Das Seelenleben ist nicht so, wie ein Menschenleben. Natürlich freue ich mich, meine damalige Verlobte wieder in die Arme schließen zu können, so richtig. Aber auch sie hat ihr Leben weitergelebt, so wie ich irgendwie auch. Sie wird auch im Tod ihren eigenen Weg gehen. Vielleicht auch mit ihrem neuen Mann? Wer weiß das schon?

Dank Anna, freue ich mich jetzt für Jenny. Ich bin froh, dass sie ihr Glück wiedergefunden hat und besuche sie.

Sie sitzt in einem Garten und genießt die ersten Sonnenstrahlen. Ich erkenne sie kaum wieder, zu viele kleine Falten zieren ihr schönes Gesicht. Ich berühre ihre gefärbten, langen Haare. Sie will das Grau wohl nicht zulassen und hält an ihrer Naturfarbe fest, auch wenn sie nicht ganz übereinstimmt. Ein älterer Mann gesellt sich, mit Getränken in der Hand, zu ihr.

Ich beobachte sie kurz und gehe dann zu meiner Schwester. Sie hat inzwischen ein Kind und bringt es gerade ins Bett. Zuerst spüre ich Traurigkeit, weil ich bei diesem Moment nicht dabei war, doch dann merke ich, dass es falsch ist.

Ich bleibe nur kurz bei ihnen und bewege mich dann wieder zurück zu Anna. Doch auch sie sehnt sich nur noch nach Ruhe. Ich wollte sie ihr die letzten Monate geben, doch ich wurde von den anderen Beiden immer wieder überstimmt.

„Wir müssen es durchziehen", hieß der Vorwand. „Und erst dann kann es still um uns werden." Und nun sind wir schon so nahe dran.

„Wie ist es für dich, dass ich dir das erzählt habe?", frage ich sie.

Sie sieht mich mit verweinten Augen an und schüttelt nur den Kopf. „Furchtbar."

„Vieles weiß ich selbst nicht mehr von meinem

Leben. Die Erinnerungen und das Zeitgefühl verschwommen immer mehr, nach so vielen Jahren. Das waren nur die Details, die mich verfolgten und mich prägten."

„Es tut mir so sehr leid für dich, das sagte ich dir schon sooft, aber das bringt dir ja nichts", erklärt mir Anna und sagt weiter: „durch dich wurde mir klar, wie wertvoll das Leben ist und wie wenig es geschätzt wird. So, als wäre es selbstverständlich. Als ich die erste Hälfte deiner Geschichte mit dir schrieb und mein Mann von der Arbeit kam, wurde er mich nicht mehr los. Ich klammerte an ihm und ich war so froh, dass er noch am Leben ist. Auch die anderen wichtigen Menschen um mich herum. Denn dieser Kontakt, den wir beide haben, ersetzt nicht das richtige Leben. Es ist das Wichtigste überhaupt, nichts kann einen das wiedergeben, wenn man es einmal verloren hat. Es ist so endgültig. Damit werde ich nie klarkommen!"

„Doch das wirst du. Denn wenn man sein Seelenleben richtig führt, verliert das Menschenleben seine Wichtigkeit. Es ist nicht das Ende. Danke, dass du mir geholfen hast", sage ich ihr und umarme sie. „Er hatte doch recht, auch wenn ich es vorher nie verstand. Eine Hand wäscht die andere." Nickend stimmt sie mir zu. „Du bist übrigens eine tolle Mutter." Darüber schüttelt sie wieder nur den Kopf, denn das will sie mir immer noch nicht glauben. Liebend küsse ich ihr auf die Wange. „Denke an

meine Worte, als du in der einen Nacht ständig aufstehen musstest, um meinem anderen, erkälteten *Ich*
die Brechschüssel zu leeren. Ich sagte dir, als es mir
besser ging und du wolltest es mir nicht glauben. Es
war aber so."

„Das war bestimmt nur Zufall."

„Zufall? So etwas gibt es nicht", stelle ich lachend
fest.

Bevor ich ihr meine Geschichte erzählte, nannte
ich ihr den Buchtitel. Wo das Leben endet und der
Tod beginnt. Sie diskutierte mit mir, weil sie das ‚wo'
nicht verstand und wollte mich zu einem ‚wenn'
überzeugen. Doch ich hielt daran fest und ich bin
mir sicher, dass sie es jetzt versteht. Ich sehe es in
ihren Augen. Endlich lächelt sie mich wieder an,
nachdem sie die ganze Zeit mit mir mitweinte und
nun aber schon wieder Tränen in den Augen hat.

„Sind wir jetzt fertig?", schluchzt sie.

„Ja das sind wir", sage ich und gehe von ihr, in
mein Seelenleben.

MARIE

Ich war ein kleines Mädchen und besaß alles, das man mit Geld kaufen konnte. Meine Eltern waren reich und ich musste nur Pieps machen, da hatte ich es schon. Im Nachhinein gesehen, war ich dumm, dass ich dies aufgab. Aber mit acht Jahren sieht man das noch anders. Ich nahm alles für selbstverständlich und konnte nichts wertschätzen.

Wir hatten viele Bedienstete, die sich die meiste Zeit um mich kümmerten. Ich behandelte sie so, wie meine Eltern es vorlebten. Und sie gingen nicht wirklich gut mit ihnen um. Dennoch waren unsere Leibeigenen so lieb zu mir, obwohl ich sie den ganzen Tag nur anschrie. Ich war bockig und völlig verzogen.

Mein Kindermädchen spielte viel mit mir im Garten. Dazwischen musste ich immer lernen. Die Lehrer kamen zu uns nach Hause und das fand ich so furchtbar. Ich hasste es und zeigte es ihnen mit aller Kraft. Sie hatten es sehr schwer mit mir und meine Eltern bestraften mich für dieses Verhalten. Erst später wusste ich, dass sie es zu Recht taten, aber damals?

Ich war so sauer auf sie und lief, als sich die Gelegenheit ergab, einfach weg. Ich kannte die Umgebung in und auswendig, zumindest dachte ich das. Ich hatte auch kein bestimmtes Ziel, ich wollte nur weit weg von ihnen und dem ganzen Lernen.

Was dann geschah, wusste ich zu dem Zeitpunkt nicht mehr genau. Ich konnte mich nur noch an Dunkelheit erinnern und an einem Wald, in dem ich stand. Dann fiel ich in die Tiefe und das war ganz komisch.

Erst fiel ich und dann stand ich plötzlich wieder normal im Wald. Ich konnte im Dunkeln plötzlich besser sehen und fühlte mich so Anders.

Ich bekam Sehnsucht nach meinen Eltern und ging zu ihnen zurück. Mein Kindermädchen war froh, dass ich wieder da war und nahm mich in die Arme. Sie sorgte sich sehr und hatte viele andere Leute losgeschickt, um mich zu suchen. Sie rief meinen Eltern laut zu: „dass ich wieder da sei".

Ich hörte aus dem danebenliegenden Raum nur ein: „bring Sie ins Bett!"

„Sie sind sauer auf dich", erklärte mir mein Kindermädchen und brachte mich nach oben. „Das darfst du nie wieder machen!", erteilte Sie mir eine Strafpredigt. Ich wurde eingeschnappt, was ihr einfällt, so mit mir zu reden! Ich schmiss sie aus meinem Zimmer und legte mich wütend schlafen.

Am nächsten Morgen weckte mich meine Mutter, in dem sie panisch durch mein Zimmer lief und es wieder verließ, ohne etwas zu sagen. „Sie ist bestimmt noch sauer", dachte ich mir und blieb einfach liegen. Bestimmt würde sowieso gleich der Lehrer kommen, um mich zu unterrichten.

Auch mein Vater sah kurz in mein Zimmer. Ich

sagte vorsichtig: „hallo", doch er antwortete nicht. Das machte mich sehr traurig. Ich hörte lautes Schreien von unten und schlich mich an das Treppengeländer. Dort standen meine Eltern und diskutierten heftig mit meinem Kindermädchen.

Sie fragten sie immer wieder: „wo ich sei?"

„Gestern war sie noch da", erwiderte sie mit zittriger Stimme und sah zu mir nach oben. „Da ist sie doch!", sagte sie erleichtert und meine Eltern schauten ihrem Fingerzeig nach.

Da wurden sie vollkommen hysterisch. Mein Vater zog ihr an den Haaren und warf die Haustür hinter ihr zu.

„Was der einfällt!", echauffierte er sich. Sie gingen einen Raum weiter und ich verstand gar nichts mehr. Warum sahen sie mich nicht? Waren die blöd? Oder waren sie immer noch so sauer auf mich, dass sie mir mit ihrem Verhalten eine Lektion erteilen wollten?

Ich setzte mich auf die oberste Treppenstufe und wartete ab. Sie ignorierten mich weiter, obwohl sie einige Male an mir vorbeiliefen. Vielleicht sollte ich wieder gehen? Das war nicht schön.

Irgendwann lief ich zurück in mein Kinderzimmer und setzte mich zu meinem Spielzeug. Ich kuschelte mit meinem Teddy und legte mich in mein Bett. Da ertönte ein lauter Schrei von unten.

Ich lief dem Geräusch nach und sah meine Mutter so sehr weinen, wie noch nie zuvor. Mein Vater schrie sich die Kehle aus den Hals und der fremde

Mann, der da noch stand, schüttelte nur den Kopf.

„Was ist los?", fragte ich sie und stellte mich neben meine Mutter. Sie konnte sich nicht mehr beruhigen und fiel weinend zu Boden. Also ging ich zu meinem Vater, der mit der Faust immer wieder gegen die Wand schlug. Das verstörte mich.

Der fremde Mann sagte: „es tut mir sehr leid" und verließ unser Haus. Ich beobachtete meine Eltern, wie sie die nächsten Tage verbrachten. Sie ignorierten mich immer noch. Ich wunderte mich langsam, dass ich weder Hunger noch Durst verspürte. Zur Toilette musste ich auch nicht mehr.

Ich folgte meinen Eltern auf Schritt und Tritt, so auch, als sie auf einen Friedhof fuhren. Ich gruselte mich immer sehr vor so etwas und machte normalerweise immer einen riesigen Bogen um diesen Ort. Aber wenn Sie dort so zielgerecht hingingen, dann musste ich auch dahin!

Ich verstand nicht, was Sie da machten. Sie weinten viel und da waren auch noch andere Leute, die mir aber nie etwas bedeuteten. In der Ferne entdeckte ich mein Kindermädchen und rannte zu ihr. Sie erschrak, denn sie wollte sich wohl eigentlich verstecken, damit meine Eltern nicht wieder böse auf sie werden.

Sie drehte sich um und verließ schnell den Ort. Ich rannte ihr bis zu ihrer Haustür nach. Sie warf sie vor mir zu und ich lief einfach hindurch, was sie genauso schockierte, wie mich. **Sie schrie, ich schrie.**

Sie sagte mir immer wieder: „ich soll verschwinden!" Aber warum? Ich wusste nicht, was geschehen war?

Ich blieb bei ihr und bat sie immer wieder um Hilfe. Doch sie wollte davon nichts hören. Es müssen viele Tage vergangen sein und sie wurde immer verzweifelter. Das verstand ich damals aber noch nicht. Ich dachte nur: „alle haben sich gegen mich verbündet, um mich zu bestrafen."

Sie stand in der Küche und machte sich Essen. Ich fragte sie: „warum ich das nicht mehr bräuchte?"

Sie sah mich mit weinenden Augen an und sagte: „sie könne nicht mehr". Sie nahm sich ein langes Messer und stach es in ihren Hals. Sie fiel um und stand dann kurze Zeit danach neben mir. Geschockt sah sie abwechselnd mich und ihren Körper an. Wir liefen durch ihr Blut und setzten uns auf ihre Couch. Es kam mir ewig vor, bis sie endlich etwas sagte.

„Jetzt kann ich dir helfen", erklärte sie mit einer anderen Stimme. Sie nahm meine Hand und wir verließen den Ort – die Welt. Es war wie fliegen, so wie ich es mir immer vorgestellt hatte. Ich musste die Augen schließen, weil es zuviel für mich wurde. Als ich sie öffnete, waren wir in einer fremden Umgebung. Aber sie schien sie zu kennen.

Uns kamen viele Menschen entgegen, die sich über sie freuten. Sie erklärten mir stückchenweise, was geschehen sei. „Dass ich gestorben bin und meinen kleinen Körper ziehen lassen soll". Denn ich steckte immer noch in ihm und konnte mir aber nicht vorstellen, was sie mit ‚ziehen lassen' meinten. Ich wollte wieder zurück zu meinen Eltern, doch sie rieten mir davon ab. Das war mir egal! Aber ich wusste nicht, wie ich zu ihnen gehen konnte. Also setzte ich mich hin und blieb einfach stur sitzen.

Ich wurde immer trauriger und ignorierte alle, die mir dort helfen wollten. Denn das, wollten sie weiterhin auf ihre Art! Ich wollte aber nur zu meinen Eltern! Sie fragten mich: „ob ich nicht andere Angehörige hätte, die schon tot seien"?

Ich konnte mich an niemanden erinnern.

Da waren nur meine Eltern und die vielen Bediensteten. „Freunde?"

Ich hatte nie welche, nur viele Spielsachen. Das war immer das Wichtigste für mich. Alles, was man mit Geld kaufen konnte. An anderen Kindern hatte ich kein Interesse.

Solange ich in diesem kindlichen Körper blieb, war ich auch gedanklich noch so eingeschränkt. Sie entschieden, ihn mit aller Macht von mir zu trennen, weil ich sonst für immer so gesessen hätte.

Ich weiß nicht, wie sie es taten, doch plötzlich veränderte sich vieles. Alles wurde größer und ich fühlte mich viel reifer. Mein Körper sah anders aus und altes Wissen kam zu mir zurück.

Ich stand auf und sah in die vielen Gesichter, die mich nett anlächelten. Ich verschwand mit einem

41

Augenzwinkern und war bei meinen Eltern. Alt und gebrechlich wirkten sie nun und immer noch unendlich traurig.

Das Haus sah heruntergekommen aus und ich lief in mein altes Zimmer. Das sah noch aus wie immer. Die Spielsachen lagen überall wild herum und mein Teddy lag auf dem Bett. Ich kuschelte mich an ihn und ging in den Wald. Ich suchte die Stelle, an der ich damals verunglückte. Sie zog mich förmlich an.

Ich hielt vor einem tiefen Loch an und setzte mich davor. Ich ging die Szenen durch, wie ich damals als kleines Mädchen durch den Wald lief und fiel. Jetzt verstand ich, wie ich starb. Ich sprang in das Loch und es schien kein Ende zu nehmen. Ich landete kopfüber auf dem harten Boden und spürte in dem Moment, wie meine Knochen damals brachen. Ich stand auf und sah mich um. Da waren nur braune Erde und viele kleine Baumwurzeln.

Also ging ich auf den Friedhof. Ich suchte mein Grab und fand meinen Stein. So glänzend, wie damals unser Haus aussah, so gepflegt war auch meine Ruhestätte. Ich blieb dort und meine Eltern kamen mich sehr oft besuchen.

Als auch sie starben, schloss ich mit dem kurzen Leben ab. *Denn die menschlichen Jahre sind nichts, gegen die Unendlichkeit von Zeit und Raum und die Unsterblichkeit der Seele.* Bald werde ich ein neues Leben beginnen…

TILLINO

Ich hatte eine zauberhafte Familie. Eigentlich habe ich sie immer noch. Ich warte auf sie. Meine Frau Cilia ist die hübscheste Frau, die es je gab und sie schenkte uns vier Kinder. Einen Jungen und drei Mädchen. Es ist schlimm für mich, nicht mehr an ihrem Leben so teilzuhaben, wie es damals war.

Und früher, als ich die Chance hatte, konnte ich nicht viel Zeit mit ihnen verbringen, weil ich oft arbeiten musste. Dabei waren sie immer das Wichtigste für mich und ich war froh, wenn es Wochenende war und ich mich nur um sie kümmern konnte.

Es war auch ein Wochenende, als sich alles für mich ändern sollte. Wir saßen am Frühstückstisch, als mir so komisch wurde. Mein Kopf schmerzte plötzlich sehr und Cilia sorgte sich sofort um mich, weil ich sie so seltsam ansah. Meine Kinder lachten, denn sie bekamen es nicht mit und das wollte ich auch nicht. Ich sagte ihr: „das ich mich ins Bett lege, weil ich noch müde sei". Ich stand auf, verlor das Gleichgewicht und alles wurde schwarz.

Das wundervolle Kinderlachen, das sonst immer den Raum bei uns füllte, veränderte sich in Kreischen. Ich spürte, wie sie an mir zerrten, doch ich konnte nichts machen. Ich hörte ihre verzweifelten Stimmen und bekam alles mit. Nur eben, dass es dunkel war. Cilia rief einen Arzt und dann konnte ich wieder sehen.

Ich lag in einem Krankenbett und versuchte aufzustehen, doch es ging nicht. Meine Familie stand um mich herum und weinte. Ich konnte nichts sagen und das machte mich so fertig.

Plötzlich standen meine toten Eltern neben ihnen und ich erschrak dermaßen. Ich wusste im ersten Moment nicht, was das sollte und hielt es für Einbildung. Meine Mutter kam auf mich zu und streichelte meine Stirn, so wie sie es immer getan hatte, als ich noch ein kleiner Junge war.

Es gelang mir aufzustehen und sie nahmen mich in den Arm. Ich war gerührt von diesem Augenblick, obwohl ich noch daran zweifelte. Als sie mich wieder losließen, war ich an einem anderen Ort.

Aber da wollte ich nicht hin, sondern wieder zurück zu meiner Familie! Ich diskutierte mit ihnen, aber sie konnten mich nicht verstehen. Mir war alles egal, ich wollte nur wieder zu meiner Cilia und meinen Kindern. Ich wünschte es mir so sehr, deshalb schoss ich durch die Dimensionen und stand wieder bei ihnen. Noch immer weinten sie an meinem Krankenbett. Das war doch irre, was da geschah! Noch immer verstand ich es nicht.

Erst als ich mich im Bett liegen sah – meinen leblosen Körper. Meine Kinder streichelten mich und hofften wohl, dass ich so wieder wach werde. Sicherlich dachten sie nur: „ich schlafe". Mir wurde dann doch sehr schnell klar, dass es nicht so sei. Aber ich wollte das nicht akzeptieren! Mein jüngster Spross war noch nicht einmal neun Jahre alt. Und nun sollten sie ohne ihren Papa aufwachsen? Das ist doch ungerecht! Und meine Cilia?

Wir waren so viele Jahre verheiratet und unzertrennlich. Ich konnte nicht von ihr gehen, auch wenn ich oft das Gefühl hatte, dass es falsch wäre, bei ihnen zu bleiben.

Aber auch das war mir egal, es war sowieso nur unterbewusst, also blieb ich bei ihnen. Ich ging zu meiner Beerdigung und beobachtete, wie meine sogenannten Freunde meine Cilia trösteten und eigentlich dabei an andere Sachen dachten. Ich sah plötzlich ihre schmutzigen Gedanken und war so sauer. Was fiel ihnen ein? Und meine Cilia war so gutgläubig und so verletzlich.

Ich versuchte meinen Kindern mitzuteilen: „das ich noch da sei und das sie auf ihre Mutter aufpassen sollten!"

Wenn Cilia mit einem der widerlichen Möchtegernfreunde beisammen saß, versuchte ich durch lautes Schreien in ihr Unterbewusstsein zu dringen. Sie konnte doch nicht so verzweifelt sein, dass sie diesen Mann nicht durchschaute? Sie war es nicht! Als er sie küssen wollte, schmiss sie ihn raus und ich applaudierte glücklich neben ihr. Danach schwor sie mir am Grab: „nie wieder Jemanden an sich heranzulassen".

Meine Kinder hatten es in der Zeit sehr schwer, obwohl ich kaum von ihrer Seite wich. Ich machte die Hausaufgaben mit ihnen und begleitete sie so gut es eben ging, wenn sie unterwegs waren. Sie gingen von der Schule ab, mal mit mehr Erfolg und mal eben nicht.

Aus ihnen sind sehr gute Menschen geworden. Sie sind fleißig und haben inzwischen ihre eigenen Familien gegründet. Meine Cilia ist schon sechsfache Oma und der größte Spross trägt meinen Namen. Das ehrt mich zwar, aber erinnerte mich auch immer wieder daran, dass ich nicht mehr am Leben bin.

Da es nun bald soweit ist und meine Cilia zu mir kommt, habe ich schon vieles für sie vorbereitet. Ich fand einen Ort, an den ich sie sofort bringen werde. Er ist so grell, dass sie denken wird, dass sie im Licht steht, weil sie sehr gläubig ist. Sie soll eine schöne Begrüßung bekommen und ihren Tod positiv erleben.

Ich bin so aufgeregt, so wie damals, als ich sie zum ersten Mal traf. Es kommt mir auch vor, als wäre dies vor kurzer Zeit gewesen. Da ist der Zeitpunkt meines Todes weiter weg von mir. Das Zeitgefühl ist anders und schöne Momente rücken nah an einem heran. Man vergisst sie nie. *Die Erinnerungen sind wirklich unsterblich und ich freue mich sehr auf unser Wiedersehen.*

JULIANE

Ich war eine vollbeschäftigte Berufstätige. Ich jonglierte den ganzen Tag mit Zahlen und wollte hoch hinauf in dem großen Unternehmen, in dem ich war. Die Arbeit stand für mich immer an erster Stelle und dadurch verlor ich auch die Zeit für ein Privatleben. Alle Männer, die sich für mich interessierten, ignorierte ich mit dem Blick nach oben. Eben da, wo ich hinwollte. Hoch hinauf auf der Karriereleiter.

Ich weiß nicht mehr, was dann geschah. Ich wurde im Krankenhaus wach und konnte mich nicht bewegen. Mein Körper hielt mich fest und ließ mich nur durch meine Augen sehen. Am Anfang nervte mich diese Bewegungslosigkeit.

Aber dann später genoss ich die Ruhe und das Nichtstun. Das kannte ich gar nicht mehr. Immer nur Hektik und Stress. Ich musste da viele Tage gelegen haben und wartete immer auf Besuch. Ich glaubte meine Kollegen seien meine Freunde, doch sie kamen nicht. Kein Einziger!

Ich hatte auch keine Angehörigen mehr, also liefen nur die Schwestern und die Ärzte durch die Tür. Das war so frustrierend und ich dachte über mein Leben nach. Alles, was ich vielleicht verpasst habe. Ich ließ mein Leben an mir vorbeiziehen und starb langsam. Ich spürte genau, dass es so war, aber ich wusste nicht warum? Niemand redete mit mir und mein Organismus wurde schwächer.

Als ich endlich aufstehen konnte, waren da kein Licht und keine Engel, die mich empfingen. Ich hörte als Kind so viele Geschichten darüber, denn meine Mutter war streng gläubig. Nicht einmal sie war da, als ich auf der Schwelle zum Tod stand! Ich fragte mich. „ob ich überhaupt tot sei? Gab es ein Jenseits? Wo war es?"

Sie brachten meinen Körper weg und ich wollte nicht länger an diesem Ort bleiben, der mich so aufrüttelte und mir zeigte, wie sinnlos mein Leben war.

Zu meiner Beerdigung brauchte ich auch nicht erscheinen, da käme sowieso keiner!

Ich war von Traurigkeit und Selbstmitleid zerfressen und lief durch die Straßen, die ich selbst alltäglich ging. Ich besuchte meine Wohnung und meinen alten Kater, den ich schon seit frühen Jugendtagen hütete. Er war das Alleinsein schon immer gewohnt, aber wer würde sich nun um ihn kümmern?

Er miaute kläglich, als ich vor ihm stand. Irgendjemand musste doch wissen, dass dort ein unschuldiges Tier saß? Wer hatte sich um ihn gekümmert, als ich im Krankenhaus lag? Ich lief in den Hausflur und schrie um Hilfe! Mein armer Tiger würde verhungern! Doch es interessierte keinen!

Ich setzte mich zu ihm und sah ihm verzweifelt beim sterben zu. Ich verstand es nicht! Wie konnte er die vielen Tage überleben, die ich nicht da war? Wartete er extra, bis ich komme, damit er beim sterben nicht alleine war?

Seine Seele verschwand aus dem kleinen Körper und verflüchtigte sich sofort. Fassungslos blieb ich dort sitzen, bis der Vermieter die Wohnung aufschloss und sich über den Geruch beschwerte. Er ließ alles sauber machen und brachte meine teuer bezahlten Einrichtungsgegenstände weg. So vertrieb er auch mich aus meiner Unterkunft.

Wieder lief ich durch die Straßen und beobachtete die Menschen, wie sie ihrem Alltag nachgehen. Sie verschwendeten ihre Zeit genauso, wie ich es damals tat. Ich ging in mein Büro zurück, um noch ein letztes Mal die Leute zu sehen, bei denen ich dachte, sie seien meine Familie.

Lachend setzte ich mich auf einen Stuhl, während sie vor Stress geplagt versagten. Ich wurde so schadenfroh und gemein, dass ich ihnen nur das Allerschlimmste an den Hals wünschte. So verbrachte ich viel Zeit.

Ich lief mit ihnen mit und bemerkte dann aber langsam, dass sie doch ein anderes Leben führten, als ich. Viele von ihnen hatten Familie, das wusste ich zu Lebzeiten gar nicht. Ich hatte mich nie dafür interessiert.

Ich begriff, was ich für ein Mensch gewesen sein musste und verstand, warum keiner an mein Krankenbett kam. Der ganze Hass, den ich bei ihnen ablud, landete wieder bei mir. Ich kämpfte lange mit mir selbst und suchte Hilfe. Es war schwierig, die Toten von den Lebenden zu unterscheiden, weil viele Tote zu tun, als wären sie noch am Leben. Sie beachteten mich genauso wenig.

Lange lief ich durch die Straßen und sprach einfach jeden an, in der Hoffnung, nur einer würde reagieren. Dabei wurde ich noch verzweifelter. Wo waren SIE? Irgendjemand musste mir doch helfen können oder in derselben Lage stecken, wie ich.

Es sterben doch immer so viele Menschen am Tag und wenn man jemanden braucht, ist keiner da!

Ich ging zurück in das Krankenhaus, weil ich hoffte, dort wäre ich an der Quelle. Aber so war es nicht. Irgendwie war keiner für den Anderen da. Jeder kämpfte für sich alleine und mit seinem eigenen Tod.

Also lief ich zu dem städtischen Friedhof und auch dort fand ich nur Trauer und Elend. Keiner wollte mit mir reden, es war wie zu Lebzeiten! Ich suchte meine Überreste und überlegte: „an welcher Stelle man mich verbuddelt haben könnte". Doch auch diese Suche blieb erfolglos.

Dieser traurige Ort zog mich gefühlsmäßig noch mehr herunter und so ging ich an Plätze, für die ich sonst nie Zeit hatte. Ich sah mir jeden Film im Kino an, ging in das Theater und setzte mich in die Sonne in den Park. Ich besuchte ein Restaurant nach dem anderen, schaute mir deren Küchen an und war bei den meisten froh, dass ich kein Essen mehr brauchte.

Ich genoss immer mehr diese neue Art von Leben und empfand soviel Freude, wie nie zuvor. Ich war immer ein Einzelkämpfer, wer braucht schon Hilfe? Ich konnte mir nur selbst helfen! Ich besuchte fremde Hochzeiten, schaute bei Geburten zu und erfreute mich immer mehr an den Dingen im Leben, die mir nie zuteil wurden.

Der erste Kuss als Jugendliche, das erste Verliebtsein. Das alles verpasste ich, weil ich immer nur Geld und Erfolg im Kopf hatte. Schon immer! Aber das holte ich nun alles nach. Denn umso länger ich das Glück spürte, umso mehr Tote nahmen mich wahr. Sie begannen mit mir zu sprechen und ich war nicht mehr alleine.

In einen von ihnen verliebte ich mich und das Schönste war, er sich auch in mich. Endlich dieses Gefühl zu spüren und das erste Mal küssen. Das war so schön und geht auch jetzt noch so tief. Ich verließ mit ihm den Ort und wir erkunden nun verschiedene Welten. *Nie mehr alleine, nie wieder unglücklich!*

REBECCA

Mein Leben war schon so sehr turbulent und ich ständig aufgewühlt. Ich hätte nie gedacht, dass der Tod genauso wird.

Ich habe nie an ein Dasein nach dem Leben geglaubt und in meiner Umgebung wurde auch nie darüber gesprochen. Deshalb finde ich diese Gelegenheit, es endlich einmal zu können, sehr interessant.

Ich wuchs in einer kleinen Stadt als Einzelkind auf. Meine Mutter zog mich groß, während mein Vater arbeiten ging. Also eine ganz normale Familie. Als mein Vater starb, war ich 16 Jahre alt und meine Mutter veränderte sich sehr. Von da an ging es aber auch in meinem Leben abwärts. Ich ließ mich von vielen Männern rumschubsen und ausnutzen und wechselte ständig meine Arbeitsstellen. Ich hielt es nirgends lange aus.

Erst mit 35 Jahren wurde ich, durch den Tod meiner Mutter, aufgerüttelt. Wollte ich wirklich so weiterleben? Sie versuchte mich zu Lebzeiten immer zu unterstützen, gab es aber schließlich auf, weil sie sah, dass es bei mir nicht ankam. Und dann hatte sie ja noch ihre eigenen Probleme, bei denen ich ihr nie half. Das erkannte ich aber erst, als sie starb. Und da war es zu spät.

Ich lernte kurz danach einen lieben Mann kennen und dachte: „endlich habe ich auch Glück."

Er schwängerte mich und ich war froh endlich einen geradlinigen Weg zu gehen. Doch leider kam es wieder anders. Er verließ mich, ohne einen Grund zu nennen, bevor unsere kleine Tochter Amelie geboren wurde. Ich war nur entsetzt und voller Zukunftsängste. Das verschwand mit einem Schlag, als ich sie in meinen Armen hielt. Sie sah aus wie ein kleiner Engel. Goldene Mini-Löckchen und hellblaue Augen. Sie war das schönste Baby überhaupt und ich wollte sie nie wieder loslassen.

Drei Monate kümmerte ich mich Tag und Nacht um sie. **Sie war mein Halt!** Es war klar, das etwas passieren würde! Bei dem unruhigen Leben, welches mir beschert wurde.

Es war ein Sonntagmorgen und ich stand handlungsunfähig an ihrem Kinderbett. Ich sah auf den kleinen, leblosen Körper und brauchte sehr lange bis ich begriff, dass sie nicht mehr atmete. Mein armes Baby.

Danach fühlte ich mich schuldig, weil ich solange nur dastand und nichts unternahm. Vielleicht hätte ich sie noch retten können? Doch in dem Moment war ich nur starr!

Mit ihr starb auch mein einziger Sinn im Leben. Es zerstörte mich und ich konnte die innere Leere, die sie hinterließ, nicht mehr füllen. Mein Leben war kaputt! Das gewohnte Durcheinander holte mich wieder ein und so lebte ich die nächsten Jahre einfach vor mich hin. Deswegen störte es mich auch nicht, als ich gedankenlos mit meinem Auto fuhr und aus Versehen an einem Baum landete. Es war wirklich keine Absicht! Aber es war mir egal.

Als ich ausstieg, sah ich mir meinen Körper noch einmal an. Aus dieser Perspektive sich selbst zu betrachten ist unbeschreiblich. Ich verstand sehr schnell, dass ich tot war und dass es doch noch weitergeht. Das kam mir sehr gelegen, denn ich dachte sofort an Amelie und begann sie zu suchen.

Doch diese Suche gestaltete sich, wie schon mein Leben, sehr schwierig. Meine Mutter fand mich und ich konnte mich endlich mit ihr aussprechen und mich für meine Fehler bei ihr entschuldigen. Sie sagte mir: „dass sie nie Hilfe von mir wollte". Sie verlangte es gar nicht und wollte immer nur mir helfen. Jeder lebte aber sein eigenes Leben. Trotzdem erkannte sie, wie sehr es mich wurmte und verzieh mir. Wir nutzten die neue Chance und ich war froh, sie an meiner Seite zu haben.

Einige fremde Seelen beteiligten sich ebenfalls beim Wiederfinden von Amelie. Dadurch, dass wir nur drei Monate unser Leben teilten, bekam ich nie die Chance, sie richtig kennenzulernen. Im Gedanken war sie immer mein kleines Baby und wenn wir andere Seelen nach ihr fragten, wusste niemand eine Antwort. Ich bereute, dass ich mich nicht sofort nach ihrem Tod auch umbrachte. Dann wäre ihre Seele noch nicht weitergezogen und wir hätten uns sofort gehabt.

Aber damals machte mir dieser, eigentlich gedachte, endgültige Schritt Angst.

Zeit spielt im Tod keine Rolle. Sie ist subjektiv und ich erlebte sie elend lang. Ich verfiel in alte Gewohnheiten und wollte immer wieder aufgeben, aber die Anderen ermutigten mich durchzuhalten. Dieses Mal sollte ich es besser machen und das gab mir unendlich viel Kraft! Wir waren überall, an jedem noch so fremden Ort. Sie sagten mir: „ich solle immer wieder an sie denken".

Meine Gedanken weilten oft bei ihr und sie sollten mich auch zu ihr führen. Sooft stellte ich mir vor, wie ich mein kleines Mädchen wieder im Arm halten werde. Und dann?

Ich stand vor einem großgewachsenen Mann. Sofort spürte ich aber, dass er die Seele meiner kleinen Amelie sei. Aber sie war doch mein kleines Baby? Und dieser Mann besaß nichts an sich, das auch nur im Geringsten mit ihr übereinstimmte.

Er war überglücklich und nannte mich sofort: „Mama". Widerwillig umarmte ich ihn. Auf einmal fühlte ich Amelie ganz nah bei mir. Der weitere Umgang mit ihm beruhigte mich und festigte unsere Verbindung. Ich legte mein menschliches Verhalten komplett ab und beendete dadurch mein Chaos. Unsere Seelen waren wieder vereint! *UND SIE WERDEN ES IMMER SEIN.* Wenn wir uns das nächste Mal suchen, dann werden wir uns schneller finden.

NELE

Mein Name war Nele und ich war eine glückliche Frau und Mutter. Ich bin eine von Vielen, die nicht sterben wollte. *Davon gibt es hier Unzählige und Jeder geht anders damit um.*

Ich lerne gerade es zu akzeptieren, denn vorher beschäftigte mich nur die Tatsache, wie ich starb.

Schon zu Lebzeiten hatte ich Horror davor, darüber nachzudenken. Allgemein der Zeitpunkt des Todes. Werde ich große Schmerzen haben? Wie wird es geschehen und die bange Frage nach dem WANN?

Ich sah in die leuchtenden Augen meiner Kinder und dachte: „ich habe noch viel Zeit". Doch leider hatte ich die nicht. Sie waren dabei, als ich starb und mussten es hilflos mit ansehen. Dies schmerzte mir noch viel mehr und wie sie dann litten… Damit befasste ich mich aber nur kurz, weil ich ihre Traurigkeit nicht auch noch ertragen konnte.

Wir waren auf Kurzurlaub und hatten schon zwei schöne Tage hinter uns. Das Wetter war toll, also gingen wir an den Strand. Meine Kinder spielten vorne am Wasser und mein Mann passte auf sie auf.

Ich wollte weiter hinaus und die Wellen genießen. Ich verstehe bis heute nicht, wie es geschah? Ich war immer eine gute Schwimmerin, aber plötzlich war ich unter Wasser und es war schwierig wieder an die Wasseroberfläche zu gelangen.

In dem Moment kam mir schon der Gedanke, dass ich ertrinken würde und das machte alles nur noch schlimmer. Ich wurde panisch, schaute in die Helligkeit des Meeres und die Luft wurde knapp.

Ich kämpfte gegen eine gewaltige Kraft und verlor. Ich musste einfach einatmen und spürte den Salzgeschmack in meinem Mund. Ich konnte es nicht ändern und atmete immer wieder ein. Das Wasser wollte ich nicht herunterschlucken, tat es aber automatisch. Von da an war ich nur noch geschockt und dachte an meine Familie.

Ich sank immer tiefer auf den Meeresboden, bis ich auch meine Gliedmaßen nicht mehr bewegen konnte. Auf den Stress folgte innere Ruhe. Sie überwältigte mich und ich landete sanft auf dem Sand.

Meine Augen hielt ich die ganze Zeit geöffnet und sah mir das Meer aus dieser Perspektive an. Plötzlich war es ein Leichtes für mich hochzukommen. Ich tauchte auf und sah meine Kinder schreiend am Strand. Dadurch verschwand das schöne Gefühl schlagartig.

Mein Mann schwamm neben mir und auch andere Menschen tauchten immer wieder hinab. Ich sah ihnen zu, wie sie meine Leiche aus dem Wasser zogen und dann konnte ich das Leid meiner Familie nicht mehr ertragen. Ich ging einfach am Strand weiter, so als wäre nichts geschehen. Das Schreien wurde leiser und verstummte. Ich lief immer weiter und verließ den Strand.

Mich verfolgte die Panik, wie ich sie beim Akt des Überlebenskampfs spürte und wollte nur noch weg von dem Ort. Nie wieder in der Nähe von Wasser sein! Ich lief durch die Straßen, bis ich sie nicht mehr kannte.

Sie waren so voll gefüllt mit Menschen und Seelen. Einige sprachen mich an und ersuchten meine Hilfe. Aber ich wusste ja selbst noch nicht, wie es nun weitergeht? Ich war nicht gläubig und machte mir nie Gedanken über ein Leben danach. Zu groß war immer die Furcht des Zeitpunktes und ob ich leiden würde. **Nun wusste ich es ganz sicher, ich litt.**

Ich hatte Qualen dabei, verspürte sie immer noch und das war schrecklich. Überall Wasser und keine lebensrettende Luft. Ständig musste ich daran denken und würgen. So, als wollte das Wasser wieder aus meinem Mund raus. Es war so schlimm, das ich mich immer mehr in diese Leiden reinsteigerte und auch so das Gefühl hatte, dass ich keine Luft mehr bekomme. *Dabei braucht eine Seele gar keinen Sauerstoff.* Die Art meines Todes prägte mich stark.

Ich verließ die Stadt und das Land, aber immer auf Wegen, die weit weg vom Wasser waren. Wenn ich es nur aus der Ferne glitzern sah, überwältigten mich meine Anfälle von neuem.

Ich traf eine männliche Seele, der ähnliche Symptome wie ich aufwies. Beim erzählen seiner Story krümmte er sich immer vor mir und brach sogar Wasser aus. Am Anfang erschrak ich sehr darüber.

Sein Name war Mike und er wurde mir eine große Hilfe. Denn nachdem ich mir seine Probleme anhörte und er kein Wasser mehr ausspukte, war er bereit, mir zuzuhören. Ich erzählte ihm nur von dem Unfall. Ich wollte keine Gedanken an meine Familie heraufbeschwören, keine Erinnerungen, keine Trennungsschmerzen. Zu sehr fehlten sie mir.

Immer wieder musste ich würgen, aber bei mir kam kein Wasser hoch. Das wunderte uns. *Allerdings weiß ich nun, dass jeder seinen Tod anders verarbeitet.*

Mike war mutig und wollte sich endgültig dem Wasser stellen. Er ging an einem Pool, denn er ertrank damals in einem. Ich beobachtete ihm von weiten, ohne das Wasser sehen zu können.

Er meinte abschließend: „er schaffte es nur durch mich" und das berührte mich sehr. Er wollte mich immer wieder überzeugen, mit ihm ans Meer zu gehen, doch ich konnte mich noch nicht meiner Angst stellen. Ich war noch nicht bereit!

Viele Tage blieben wir auf einem Marktplatz sitzen und beobachteten das bunte Treiben. Es war interessant aus dieser Perspektive. Wie die Menschen miteinander agieren, weil sie denken, keiner kann sie hören oder sehen.

Das lenkte mich von vielem ab, bis plötzlich ein Mensch einen Eimer Wasser vor mir ausschüttete. Mein ganzer Körper zuckte vor Angst und ich schrie wie verrückt. Das machte andere Seelen auf uns aufmerksam. Einer war hartnäckig und wollte alles über mich wissen.

Manche Seelen sind wirklich aufdringlich und er, sein Name war David, war einer davon. Er ließ nicht locker und sich auch nicht von meiner Tragik ablenken. Meine Gefühle während des Ertrinkens. Die Enge in der Brust.

Er nahm meine Hand und wir standen plötzlich am Strand. Ich beschimpfte ihm mit allen Wörtern, die mir einfielen und konnte auch nicht hinsehen. Also schaffte er uns vom Strand wieder fort.

Er erklärte mir: „Konfrontation ist in dem Falle das Einzige, das hilft". Ich glaubte ihm nicht und versuchte immer wieder den salzigen Meeresgeschmack aus meinem Mund zu spucken.

Wie gesagt, manche sind sehr aufdringlich und haben anscheinend auch Langeweile. So dachte ich zumindest zu diesem Zeitpunkt.

Sie bequatschten mich immer wieder mit meinem Problem und zwangen mich zum Umgang mit Wasser. Dabei fingen sie wirklich klein an. Ein winziger Wassertropfen berührte meine Haut und alles in mir zuckte. Sie erhöhten die Wassermengen und wiederholten den Prozess solange, bis ich keine menschliche Reaktion mehr zeigte.

Ich hätte nie gedacht, dass ich noch einmal ruhig an einem Strand stehen könnte, aber so war es. Durch ihre Hilfe überwand ich diesen Schockmoment und ging sogar in das Wasser.

Aber bei einer Sache lasse ich mir nicht helfen und

auch nicht reinreden. Bei meiner Familie! Ich kann sie nicht besuchen. Alleine die Vorstellung, wie es ihnen ohne mich gehen könnte, schmerzt zutiefst.

Ich wähle daher die Möglichkeit, die Zeit verstreichen zu lassen und auf sie zu warten. Und in der Zwischenzeit helfe ich anderen gerade Verstorbenen. Denn dieses Gefühl der Rührung, wie ich es schon bei Mike erlebte, ist für mich momentan das Größte!

Ertrinken ist wirklich ein qualvoller Tod. Ich weiß nicht, ob es die schlimmste Art des Sterbens ist, aber für mich, war sie es! Ich wünsche es NIEMANDEN!

JOACHIM

Mein Leben nervte mich. Ich hatte es so satt, das ich es aufgab und wegschmiss. Das es nun weitergeht? Das finde ich total Scheiße. Die Leute hier sagten mir: „ich solle lernen damit umzugehen oder ein neues Leben beginnen". *Ich bin doch nicht bescheuert und beginne noch einmal ein Leben! Also versuche ich es auf diese Art.*

Die Schreiberin bittet mich, auf meinen Ausdruck zu achten. Sie will mein weiteres ‚Gefluche' nicht mehr mitschreiben. *Ich muss mich beruhigen…*

Gut, nun zu meinem Leben: Ich wuchs auf und war ein glücklicher Junge. Alles lief glatt, doch dann wurde ich erwachsen und kam nicht mehr klar. Von allen Seiten kamen Probleme auf mich zu. Ich war ein fleißiger Arbeiter in einer Fabrik und es machte mir auch wirklich Spaß. Doch dann wurde ich gefeuert mit der Aussage: „ich mache meine Arbeit nicht gut".

Ich fand sehr schnell wieder eine neue Anstellung in meinem gewohnten Aufgabenbereich. Leider veränderte mich das Umfeld dort und mein Leben geriet noch mehr aus den Fugen.

Die Leute, mit denen ich arbeitete, taten so, als wären sie meine Freunde und ich glaubte ihnen das auch. Erst später begriff ich, wen sie aus mir machten. Einen Versager!

Ich besaß eine schöne Wohnung und immer neue Freundinnen. Ich war kein Typ für Ehemann oder Familie, es war auch nie mein Wunsch.

Meine Freunde waren genauso in ihrer Einstellung und so zogen wir in unserer Freizeit umher und genossen unsere Freiheit.

Doch in der Arbeit distanzierten sie sich immer mehr von mir. Ich verstand nicht warum? Sie begannen mich zu hänseln, wegen meines Sprachfehlers. Ich wollte deswegen nicht verletzt oder sauer sein, immerhin war ich ein Mann, also lachte ich mit und ließ mir nichts anmerken.

Doch sie wurden immer gemeiner. Allerdings nur dort, wo auch noch viele andere Kollegen waren. Wenn wir durch die Gegend zogen, war ich ein gleichwertiges Mitglied und wir lachten gemeinsam über andere Dinge.

Es hielt sich die Balance, doch dann kamen neue Probleme von außen. Meine Eltern starben und hinterließen mir Schulden. Ich wollte die Erbschaft aus persönlichen Gründen annehmen, obwohl ich sie auch hätte ablehnen können. Aber es waren doch meine Eltern! Ich schätzte die Schulden falsch ein und das stürzte mich in den finanziellen Ruin.

Ich stritt mich mit vielen Behörden und es begann mich immer mehr zu stören, wie meine Freunde mit mir umgingen. Dadurch wurde ich bei der Arbeit immer unkonzentrierter und machte einen folgenschweren Fehler.

Während der Laufbandproduktion verhakte sich ein Keil, den ich übersah und zerstörte die ganze Serie der Produktion und Teile der Maschine. Ich war ein Versager! Nur ich trug daran die Schuld!

Ich kündigte, bevor sie mich entlassen konnten und fiel zu Hause in ein tiefes Loch. Mein Sprachfehler, durch die angeborene Lippenspalte, begann mich selbst zu stören und ich schlug mir ins Gesicht oder verfiel in tagelanges Schweigen.

Auch bei der Frauenwelt verlor ich meine Anziehung. *Denn sie spüren ganz genau, wie man sich fühlt. Und wenn man sich selbst für einen Idioten hält, dann brauchte man sie gar nicht erst ansprechen.* Dadurch wurde ich immer frustrierter und durch das fehlende Einkommen kamen immer mehr Probleme auf mich zu.

Ich wollte nicht mehr in den Briefkasten schauen, doch das änderte nichts. ***Sie finden einen auch so!*** Mir wurde persönlich mitgeteilt, dass ich innerhalb von zwei Tagen meine Wohnung räumen sollte. Ich sah keinen Ausweg mehr!

Dazu kamen noch starke Kopfschmerzen, die mich rasend machten.

Sie pochten so kräftig und vermischten sich mit meinem Hass auf die ganze Welt. Ich war gerade einmal 46 Jahre alt, öffnete mein Küchenfenster und sah nach unten in die Tiefe. Ich wohnte im sechsten Stock, kletterte auf das Fensterbrett und sah wieder nach unten. Alles in mir vibrierte, dann wurde mir übel und ich sprang…

Es war furchtbar, denn während des Fallens überlegte ich doch tatsächlich: „ob das nicht gerade eben ein Fehler ist". So, als würde in dem Moment die Zeit langsamer vergehen. Natürlich war es dafür dann zu spät.

Ich bekam den Aufprall mit und fühlte, wie meine Knochen zerbersten. Es tat weh. Als ich wieder aufstand, begann ich zu schreien. Ich schrie eine ganze Zeit und sah auf meine Leiche. Was sollte das? Träumte ich?

Ich rüttelte an mir, weil ich es nicht wahrhaben wollte. Das es wirklich weiter geht! Um mich herum bildete sich eine Menschentraube. Einige sprachen mit mir. **MIT MIR!!!** Das war unvorstellbar. *Das ist es jetzt immer noch für mich.*

Und dann ging der ganze Horror von vorn los und mein ganzes Leben holte mich wieder ein. Meine Leiche wurde abtransportiert und ich verließ meine Heimat. Ich hoffte, dass ich davor fliehen kann. Mich meinen Problemen nicht stellen muss. Deshalb bin ich doch gesprungen!

Doch es war sinnlos. Meine Freunde, die mir damals so wichtig waren, standen vor mir und erinnerten mich an den Versager, der ich war. Ich wusste gar nicht, dass sie auch tot waren! *Oder vielleicht bilde ich sie mir auch nur ein?*

Sie drangsalierten mich auf die schlimmste Art und Weise und lachten immer wieder über mein Versagen in der Fabrik. Meinen Sprachfehler habe ich nun nicht mehr, dennoch stellten sie ihn nach. Mein Hass wurde durch sie noch größer. *Ich spüre ihn so heftig! Zu Lebzeiten war das schon stark, aber jetzt bin ich komplett erfüllt von ihm. Denn sie sind immer noch da.*

Egal wohin ich damals ging, sie folgten mir.

Auch meine Eltern konnten sie nicht vertreiben, obwohl sie mich auf einen anderen Planeten brachten. Ich war nicht glücklich sie zu sehen, immerhin waren sie Schuld an der ganzen Misere. Ich ließ meine Wut an ihnen aus und sie gingen weinend weg. Seitdem verkrieche ich mich auf einer riesigen Rasenfläche, wo sich auch viele andere Seelen aufhalten und bleibe einfach sitzen.

Aber es wird nicht besser! Dabei ist diese Welt so schön. Ich sehe den Glanz, der sie umgibt, aber ich fühle die Schönheit nicht, weil ich es nicht will…

Vielleicht sollte ich doch noch einmal ein neues Leben beginnen? Aber was würde das ändern? Wenn ich mit der jetzigen Einstellung in ein neues Leben gehe, sitze ich in ein paar Jahren wieder genauso hier – **als Versager.**

NEIN, ich möchte es nicht und werde hier sitzen bleiben. Vielleicht schafft es die Reinheit des Todes – der Seele – mich doch noch zu berühren? Ich habe ja Zeit und umso länger ich darüber nachdenke…

War ich kein Versager! *Und meine Eltern haben auch keine Schuld! Oh nein, sie weinten.*

Ich muss weg.

SUZIE

Eigentlich hieß ich Suzanne, aber alle nannten mich Suzie. Ich war eine lebensfrohe, junge Frau mit vielen Zielen, die ich leider nie erreichte. Mein Wahn, ALLES perfekt machen zu müssen, kam mir dazwischen. Ich wurde geleitet von meinen Gedanken und den Menschen, die mich nie in Ruhe ließen. Sie hatten mich voll im Griff und bestimmten alles.

Was ich esse, was ich anziehe, wann ich auf Toilette gehen darf, wann ich schlafe und warum überhaupt? Wie konnte nur mein Körper danach verlangen, ich musste mich deswegen oft entschuldigen.

Wieso sie es taten? Weil ich es zuließ! Ich war jung, unerfahren und vertraute den falschen Menschen mit deren Visionen und deren Träume. Ich war ihr Werkzeug und sie benutzten mich um dies für sich selbst zu erreichen. Ich war willenlos und hörig. Als ich starb und mich so von ihnen erlöste, weinten sie aus unterschiedlichen Gründen, aber nicht wegen mir!

Ich traf sie mit 14 Jahren. Sie waren eine Gruppe von Menschen, die ihren eigenen Weg gehen wollten. Das fand ich sofort toll und floh aus meinem spießigen Elternhaus in ihre offenen Arme. Sie schenkten mir Liebe und verehrten mich. Ich fühlte mich als etwas ganz Besonderes und gab auch ihnen alles von mir, ohne jeglichen Hintergedanken.

Nie, hätte ich an etwas Schlimmes gedacht, NIE!

Ich war naiv und das all die kompletten Jahre, bis zu meinem Tod.

Wir zogen durch die Städte und kämpften für das Gute im Menschen. Sie gaben mir ihre Ziele vor, welche ich mit lebte und mit vertrat. In jeder Demonstration, in jeder Propaganda für unser System. Sie schoben mich oft vor, auch direkt in die Arme der Polizei. Ich musste sogar für kurze Zeit ins Gefängnis. Zum Glück war ich zu diesem Zeitpunkt volljährig, sonst hätten sie wohl meine Eltern benachrichtigt.

Das war das erste Mal, dass ich an sie dachte und überhaupt kurzzeitig nachdachte.

Was ist richtig, was ist falsch? Ich saß dort, weil wahrscheinlich mein Verhalten falsch war. Aber meine Prinzipien? Ich möchte nicht genauer darauf eingehen, auch nicht auf die Gruppierung. Es gibt so viele, wie ich nach und nach feststellte, weil ich mich seit meinem Tod sehr dafür interessiere. Wie sie reden, denken, handeln, ohne dabei zu wissen, dass sie beobachtet werden.

Meine Leute feierten ein Riesenfest, als meine Knastzeit beendet war. Sie erhoben mich zu einer Heldin. Was war das für ein Gefühl! Hervorragend, rein und doch im Nachhinein gesehen, so unehrlich. Sie verbanden es, um mich noch mehr für sich zu gewinnen. Das erreichten sie zu 100 Prozent! Sie erzählten mir von ihren nächsten Punkten, die sie als Ziele ausarbeiteten, während meiner Abwesenheit.

Ich war sofort restlos begeistert von ihrer Dynamik und ihrem Ehrgeiz. Ich folgte ihnen blind! Gedankenfrei bis in den Tod, **durch verbrennen**!

Die Flammen loderten auf meiner Haut und drangen durch mich hindurch. Zuerst war mir eiskalt. Geschockt stand ich nur da. Doch dann spürte ich die Hitze und begann zu zappeln und mich auf dem Boden zu winden, um das Feuer wieder zu löschen. Es gelang mir schnell, so wie es auch geplant war, aber meine Haut schmorte weiter.

Ich schrie und sah ihre mitleidigen Gesichter nicht weit entfernt von mir. Der Mann, der mir von ihnen am meisten bedeutete, setze einen Notruf ab, nach dem ich mich nicht mehr rührte. Still lag ich da und schaute sie an. Dann konnte ich mich plötzlich wieder bewegen, stand auf und lief zu ihnen.

„Alles gut", sagte ich und schüttelte stark meinen Körper so, als wollte ich die Glut von mir abbekommen. Mir war total warm, kein Wunder nach der Prozedur. „Hat es gewirkt?", fragte ich und suchte nach den Schaulustigen, die wir dadurch anziehen wollten, um sie dann für uns zu gewinnen. Doch da war niemand hinzugekommen und ich war enttäuscht über unsere Niederlage. War sie doch so gut durchplant! Eben halt beim nächsten Mal!

„Du brauchst keinen Arzt rufen, wie kommst du überhaupt auf diese Idee?", fragte ich meinem Freund, weil er immer noch telefonierte.

Er blieb dort, während die anderen wegrannten

und ihn deswegen noch beschimpften.

Bevor der Krankenwagen um die Ecke bog, hörten wir die Sirene schon aus der Entfernung und er machte sich auch aus den Staub. Es war das letzte Mal, das ich ihn sah, denn ich konnte ihm nicht hinterher rennen, weil mir so heiß war.

Ich dachte: „okay, vielleicht bräuchte ich wirklich einen Arzt.

Wenn er schon extra kommt, dann sollen sie mich durchchecken!" Dann fiel mir aber meine fehlende Krankenversicherung ein und der damit verbundene Anruf bei meinen Eltern. Entschlossen überwand ich kurzzeitig meine Schmerzen, tat es ihnen gleich und folgte ihnen zu unserem Unterschlupf im Wald.

Dort traf ich leider meine große Liebe nicht an, wie gesagt, ich sah ihn nie wieder, hoffte aber zu dem Zeitpunkt noch, dass er gleich nachkommt. Traurig fragte ich alle nach ihm, doch sie ignorierten mich. Sicherlich gaben sie mir die Schuld für das Scheitern ihres Plans. Es kochte in mir, sprichwörtlich. Meine Haut war so rot und die Schmerzen ließen sich nicht mehr unterdrücken. Das fand ich gar nicht lustig und machte mich auf den Weg in das nächstgelegene Krankenhaus. „Sollen sie doch meine Eltern anrufen, egal! Hauptsache sie behandeln mich und das Brennen lässt nach!"

Im Krankenhaus angekommen meldete ich mich an der Anmeldung, doch auch sie ignorierten mich. Ich fiel um und schrie, doch es interessierte keinen.

Weinend hielt ich alle Menschen nur noch für bösartig, versuchte mich zu beruhigen, stand wieder auf und wollte gehen. Doch eine unsichtbare Macht hinderte mich daran und zog mich plötzlich durch die Flure.

Ich wirbelte ihr hinterher und landete vor einem Krankenbett. Ein echter Alptraum, welcher sich mir da bot! Eine Person umwickelt von Verbänden lag dort, wie eine Mumie und mehrere Menschen standen um sie herum.

Ich erkannte meine Mutter. Sie hatte sich all die Jahre nicht verändert und ist nur schöner geworden. Starr stand sie da, wie auch mein Vater kühl und ohne eine Miene zu verziehen. Ich bat sie um Entschuldigung und begann erneut zu weinen. Schluchzend lief ich auf sie zu, wollte sie umarmen und fasste durch sie hindurch. Der Alptraum wurde zum Horror, denn erst in dem Moment begriff ich, dass etwas nicht stimmte.

Ich war nur noch am schreien, hoffte auf Hilfe und bekam sie prompt. Ein Mann stellte sich zu mir, einfach so, ich wusste nicht, woher er kam. Er sagte mir, er sei mein Urgroßvater und ich hielt ihn für einen Spinner! Immerhin starb dieser, als ich sechs Jahre alt war. Er versuchte mich zu überzeugen, in dem er mir Dinge über seinen Enkel, also meinem Vater, erzählte. Verrückte Geschichten, aber er schien ihn wirklich gut zu kennen!

Ich sah dabei die ganze Zeit zu meinen Eltern und

wie sie sich von Stunde zu Stunde veränderten. Ich beobachte die Ärzte und die anderen Helfer, wie sie immer wieder den Raum betraten und sich um **mich** kümmerten.

Das verstand ich erst, als meine Mutter von der Verletzten die kaum freie Haut berührte und ich es auch an mir fühlte. Dann begriff ich, dass ich dort liege und um mein junges Leben kämpfe. Wie viele Chancen könnte ich haben? Ich malte sie mir aus, aber angesichts der prekären Lage gingen sie gegen null! Wobei meine Hoffnung bis zum Ende nicht starb und es viele Wochen dauerte, bis mein Körper den Kampf verlor.

Manchmal überlegte ich, wie überragend es gewesen wäre, doch noch aufzuwachen und mit meiner Mutter ein letztes Mal sprechen zu können. Aber der Wunsch blieb unerfüllt und mein Urgroßopa wollte mich ständig überreden mit ihm zu kommen, besonders nach dem auch meine Seele sich frei bewegen konnte. Denn das gelang mir erst wieder, nachdem mein Körper starb.

Es war mir ein Rätsel, weil ich ja noch nach meiner fehlgeschlagenen Mission meinen Körper, den ich aber zu dem Zeitpunkt übersah, liegen ließ, um meine angeblichen Freunde aufzusuchen. Entweder war ich da wirklich tot und wurde erst später reanimiert oder diese nicht sichtbare Macht zog mich im Krankenhaus zu meinem Körper, weil ich ihm so nahe war.

Und warum sollte ich ihn schon vorher verlassen? Wie gesagt, es ging auch nicht und ich stellte fest, wie ich mich charakterlich veränderte.

Zum Beispiel diese ständigen Fragen, die ich mir plötzlich selbst stellte. Das habe ich zu Lebzeiten selten gemacht und ich denke, dass es deswegen nun häufiger ist. Ich bin sehr skeptisch geworden, auch was diese Zeitverhältnisse angeht. *Die Zeit* **muss** *unterschiedlich vergehen, denn sie können meinen Körper damals nicht so schnell in Verbände gebunden haben!*

Nachdem ich starb, folgte ich meinen Eltern zurück in unser altes Haus und sah, dass sie mich komplett aus ihren Leben löschten. Nichts mehr erinnerte mich dort an meine Kindertage. Alles war verändert!

Deshalb kam es mir auch als eine große Lüge vor, dass sie zu meiner Beerdigung erschienen und trauerten.

Ich verabschiedete mich still von meinem einsamen Körper im Sarg und zog weiter durch unsere Welt. Immer mit Interesse an den diversen Gruppierungen, die mir das Leben kosteten.

Dabei lernte ich viele andere Seelen kennen und genieße nun mein neues Leben. Nie wieder lasse ich mich herumkommandieren und Fremde für mich entscheiden, aber auch diese Erfahrung muss **jeder** allein machen!

MALITA

Meine Geschichte ist nicht leicht und auch die Schreiberin brauchte sehr lange, bis sie bereit war, mir zuzuhören. Sie hatte immer Angst davor, dass Jemand kommt, der eine brutale Geschichte erzählt, mit viel Leid, als ein Opfer oder noch schlimmer als ein Täter. Ich kann ihr beides bieten und das erkannte sie schnell, als ich nachts neben ihr am Bett stand und sie ansah. Danach wollte sie einige Zeit nichts von mir hören und vergrub sich in andere Projekte. Doch sie hatte keine Chance. Ihre Seelenfreunde und ich bearbeiteten sie bewusst und auch unterbewusst. Denn sie bietet uns diese Möglichkeit und auch ich möchte mein Schicksal in die Welt tragen.

Ich war ein kleines Mädchen, das in einem sozial, schwierigen Brennpunkt in Afrika aufwuchs. *Leider gibt es so viele, egal wo auf der Welt!*
Ich liebte die Umgebung, niemand konnte sie mir madig machen. Egal, wie oft man mich schlug, peinigte oder vergewaltigte. Ich sah nur die Schönheit der Bäume und des Windes, wie er ihre Blätter sanft streichelte. Ich zog das Gute in mir auf, die Reinheit der unschuldigen Tiere, die genauso behandelt worden sind, wie ich. Ich befreite sie von ihren Schmerzen, wenn es andere nicht taten. *Deshalb war auch ich ein Mörder!* Aber ich wollte sie retten, ihre Seelen sollten nicht weiter leiden! Wie oft betete ich, dass

man dies auch mit mir machen würde!

Mit neun Jahren misshandelte mich mein Vater mit seinem Bruder so heftig, dass ich auf Erlösung hoffte, doch wieder war mein Körper stärker. Meinen Lebenswillen verlor ich dabei. Ich verstehe nicht, warum ich überhaupt so lange überlebte?

Meine Mutter und meine fünf Geschwister konnten mir nicht helfen, weil es ihnen genauso erging. Meine kleine Schwester starb mit drei Jahren. Ihr kleiner Körper konnte den ewigen Schlägen nicht standhalten. Ich schwor mir immer zu gehen, in eine andere Stadt, aber nicht komplett das Land zu verlassen. Denn das verlor nie meine grenzenlose Liebe.

Nachdem die Schreiberin nur noch weint, möchte ich das Schlimme jetzt ganz kurz machen. Der Tod befreite mich an meinem 16. Geburtstag. Ich sah auf meine Leiche, der noch weiter Schaden zugefügt wurde und ging schnell weg. Ich verabschiedete mich von meiner weinenden Mutter und sagte ihr: „dass ich Hilfe hole".

Ich ging nur einige Straßen weiter und sah Geschöpfe, die so stark leuchteten, als wären sie Engel. Mein Körper, der nun nicht mehr nur blau war, zog mich zu ihnen. Sie umarmten mich, schenkten mir Trost und nahmen alle Schmerzen von mir, die ich noch kurz zuvor verspürte. *Ihre unendliche Liebe stärken viele Seelen, die dort auf grausame Weise ihr Leben lassen müssen.*

Ich wurde von vielen in den Arm genommen, aber

zu einer Seele spürte ich sofort eine tiefe Verbindung. Eine große Frau entpuppte sich als meine kleine Schwester und erzählte mir aufgeregt von ihrem neuen Dasein. Zusammen gingen wir zu unserer Familie und das Leid holte uns beide wieder ein. Wir fühlten uns, wie zu Lebzeiten, schrien aber dieses Mal unsere alten Qualen hinaus, doch unser Vater konnte sie nicht hören. Wir schlugen auf ihn ein, wie er damals auf uns, aber auch das brachte keinen Erfolg. Nie hätten wir uns damals getraut dies zu tun! Bevor wir dort aber mit zu Grunde gehen würden, verließen wir schnell unsere Behausung und nahmen neue positive Energie von anderen Seelen in uns auf.

Wir unterstützten sie in ihren Aufgaben und das beinhaltet nicht, das Geschehene versuchen zu verhindern oder die Täter zu bestrafen, **sondern** uns um die zu kümmern, die dadurch zu uns kommen.

Interessant fand ich es, als das erste Mal jemand auf offener Straße starb, von dem ich wusste, dass er vielen Leid zufügte.

Ich wartete auf das Fegefeuer, die Hölle, die unter ihm aufbrechen sollte – irgendetwas. Manche Seelen leuchten heller als andere. Diese stellten sich um ihn, so, dass er nicht fliehen konnte. Sie sagten nichts und ihm störte diese Ungewissheit leicht erkennbar immer mehr. Ich fragte mich, „ob auch er ihre bedingungslose Liebe spüren würde"? Er sah nicht danach aus und sein Gesicht wurde immer weißer.

Andere Seelen hatten Kinder und Frauen an der Hand. Sie schlüpften mit in den Kreis und er musste sie ansehen und sich mit ihnen auseinandersetzen. Sowohl der Täter, als auch die Opfer, kamen dadurch nach und nach zur Ruhe. Meine Seelenschwester stellte sich neben mich und erklärte mir: „dass auch wir das noch mit unserem Vater machen müssen, wenn er tot ist". Ich wollte davon nichts hören und konnte es mir auch nicht vorstellen, weil ich in ihm immer nur ein Monster sah!

Sehr viele werden **hier** gequält und niemand stellt die Frage nach dem **Warum**? Es ist einfach so. **SO**, als wäre es das Normalste auf der Welt! Und es wird sich nie ändern! Immer wieder werden Seelen in diese Menschheit geboren und verwandeln sich in Täter und in Opfer.

Nachdem der Mann mit allen Seelen sprach, wurde der Kreis gelöst und er durfte weiterziehen. Meine Schwester beschäftigte sich weiter damit und ich wollte nach Ruhe suchen, um Kraft zu tanken.

Ich legte mich auf die Wiese, unter dem großen Baum, auf der ich schon früher als Kind immer saß und mich von meinen Qualen erholte. Dann beobachtete ich die Blätter. Noch immer streichelte sie der Wind sanft und ich machte es auf meiner Haut nach, um nur einmal zu spüren, wie das ist. Damals wollte ich es nicht, weil meine Haut von Wunden übersät war und sie bei jeder Berührung nur noch mehr schmerzten. Nun konnte ich mich endlich anfassen! Ich sah in den Himmel und die Wolken zogen friedlich vorbei. Genau wie die Nächte, die ich endlich unbeschadet verleben durfte. Plötzlich stand meine Schwester bei mir und sagte: „es ist soweit."

Ich folgte ihr ungern und sah auf den großen Kreis, den die Leuchtseelen verbanden. Ich wollte da nicht hinein! Nicht in die Augen meines Vaters sehen! Doch meine Schwester zog mich hinterher. Dann standen wir dort zusammen mit meiner Mutter und meinen übriggebliebenen Geschwistern. Ich verstand die Welt nicht mehr, was machten sie dort?

Ich stand nur starr da und schwieg. Mein Vater sah uns erzürnt an, hätte uns am liebsten wieder geschlagen, doch auch er schien sich nicht bewegen zu können. Meine Mutter ließ all ihre Sorgen und den Kummer der letzten Jahre heraus. Wie sie sich fühlte, wenn er sie schlug und auch vor ihren Kindern – ihrer Liebe – keinen Halt machte. Sie liebte ihn wirklich? Das konnte ich mir nie vorstellen, wie so etwas gehen sollte. Ich liebte ihn nie!

Ich erfuhr von meinem einzigen Bruder: „dass er erst meine Mutter, dann nacheinander die Kinder und am Ende sich selbst erschoss."

„Feigling!", schrie ich ihn an. Sein Blick war durch die vorherigen Worte meiner Mutter nicht mehr ganz so hasserfüllt. Die Augen sahen jetzt nur noch erstaunt aus. Hatte er sich vorher nie darüber Gedanken gemacht? Wie wir uns dabei fühlen?

Konnte er wirklich so kalt sein?

Ich ließ meinen anderen Geschwistern den Vortritt beim reden. Ich wollte es sowieso nicht. Meine Mutter hielt mich im Arm und es war ein wunderschönes Gefühl, sie endlich bei mir zu haben, ohne die Angst, dass etwas passiert oder ein Unheil geschehen würde. Wir wurden beschützt und das gab mir die Energie doch noch einige Worte an meinen Vater zu richten. Meine restliche Familie verließ vorzeitig den Kreis.

Als ich mich ihm zuwandte, sah er aus, wie ein kleines Häufchen Elend. Jene Häufchen, die ich damals selbst umbrachte, damit sie nicht weiter leiden müssen. War ich dadurch ein Mörder? Zu dem Zeitpunkt war ich fest vom Gegenteil überzeugt! Ich konzentrierte mich erst einmal auf dieses Problem.

Er selbst konnte nichts sagen und auch sein Körper war ziemlich unbeweglich. Traurig und mitleidig sah er mich an und ich schlug ihm ins Gesicht. Ich konnte einfach nicht anders, spürte aber sofort die mahnende Unterstützung der Seelen und das ich mich lieber beruhigen sollte.

Ich schrie meine verletzten Gefühle heraus! Was er mir antat! Auch zusammen mit meinen Onkel! Ich fragte ihn: „ob er sich je um uns scherte?"

Er schüttelte den Kopf und ich war der Meinung, dass dies dann keinen Sinn macht. Wie sollte man so einen Menschen vom Gegenteil überzeugen? Ich wollte raus aus diesen Kreis, doch die Seelen hielten nun auch mich darin fest. Sie sagten: „ich müsse mit dem Thema abschließen und es verarbeiten". Es würde also wohl länger dauern.

Ich setzte mich in den Kreis und sah in die Umgebung, in den Alltag, der dennoch um uns herum herrschte, so, als wären wir gar nicht da. Ich wollte ihm nichts mehr sagen, also blieben wir beide sehr lange still.

Ich dachte: „irgendwann würden sie es aufgeben und den Kreis lösen." Doch das taten sie nicht und ich verlor die Geduld, dort weiter mit diesem Widerling zusammen sein zu müssen. „Was muss ich tun, damit ich hier raus kann?", fragte ich die Seelen.

„Du musst ihm verzeihen", meinten sie.

„Was? Ich ihm?" Sie nickten und blieben unberührt stehen. „Ich werde ihm nie verzeihen! Warum sollte ich auch?"

„Für dein Innerstes ist es wichtig, sonst wirst du immer wieder daran erinnert", antwortete einer von ihnen.

Es müssen wieder tausend gefühlte Jahre vergangen sein. Zumindest für mich. Ich sah ihn immer wieder an und wo ich am Anfang noch Zorn und Hass verspürte, vernahm ich immer mehr jenes Gefühl, welches ich auch bei den armen Tieren hatte. „Okay, ich verzeihe dir", sagte ich, aber meinte es wohl noch nicht so ernst, da die Seelen den Kreis nicht lösten. Ich sah tief in mich hinein. Allen Kummer, den er mir und meiner Familie bereitete! Danach sah ich zu ihm und bekam das Gefühl, dass auch er es wahrnahm. Ich sah ihn noch nie weinen, da war es das erste Mal. Ich verzieh ihm ehrlich und er konnte sich bewegen und den Kreis verlassen.

Ich wollte ihm folgen, doch die Seelen ließen mich nicht durch. Der Kreis füllte sich erneut mit Seelen. Sie mussten anbauen und den Kreis vergrößern, damit wir alle darin Platz fanden.

„Was soll das?", fragte ich verblüfft.

Die Seelen verwandelten sich in Tiere. Hunde, Katzen, Vögel, Schweine, Esel – einfach alles, was ich damals erlöste. Ich bekam Panik und überlegte: „ob meine damalige Entscheidung falsch war? War ich genauso ein Mörder, wie es mein Vater war?"

Nachdem ich begriff, um was es nun geht, verwandelten sich die Tiere wieder in Seelen und begannen mit mir zu sprechen. Es waren unterschiedliche Reaktionen. Einige waren froh darüber und andere doch wirklich so sauer auf mich, wie ich zuvor auf meinen Vater?! Sie kamen mir genauso mit Hass entgegen, als hätte ich ihnen davor auch das Leid zugefügt, von dem ich sie eigentlich befreien wollte. *Ich verstand nichts mehr!*

Ich befasste mich mit jedem und der Kreis wurde gelöst. Danach fühlte ich mich so komisch, ging zurück zu meiner Wiese und brauchte lange, um mich selbst wieder zu finden.

Doch das hat sich gelohnt, denn nun fühle ich mich vollkommen frei. Ich durfte beide Seiten spüren und kümmere mich weiter um Jene, die ihr Leben verlassen müssen.

Meine Seele schimmert jetzt heller als zuvor und ich durfte sogar schon einmal einen Kreis bilden. **Seite an Seite mit meinem Vater.**

RANDY UND WENDI

Ich stehe hier und streichle meiner wunderschönen Frau den Rücken, die ich zu Lebzeiten in den Tod trieb. Ich war Schuld an der ganzen Misere, sah es aber damals noch nicht ein. Da schoben wir uns gegenseitig die Schuld zu, insofern wir überhaupt noch dazu in der Lage waren.

Doch fangen wir ganz von vorn an. Wir lernten uns auf der Hochzeit eines Freundes kennen. Sehr klischeeartig, aber so war es.

Wir verliebten uns sofort ineinander und nichts konnte unser Glück bremsen.

Von meinem Onkel erbten wir ein schönes, großes Haus und wollten darin eine kleine Familie gründen. Doch dann kam es anders. Meine Frau wurde einfach nicht schwanger und zusehends depressiv. Ich kam mit der Situation nicht klar und hatte auch Angst von der Arbeit nach Hause zurückzukehren. Oft ließ ich sie viele Nächte allein und trieb mich lieber in Kneipen herum. Meine Panik gewann einfach die Oberhand!

Dort lernte ich jemanden kennen. Einen Mann, ich hätte nie meine Frau betrogen, niemals! Wir verstanden uns auf Anhieb super und schwammen auf einer Wellenlänge. Er war immer so cool und erzählte von seinem Leben, als wäre es das leichteste auf der ganzen Welt. Ich beneidete ihn für seine Denkweise und hätte alles dafür gegeben, sie auch zu haben. Ich suchte nach dem Grund, warum ist er so glücklich?

Mehrere Tage später und etlichen Krachs mit meiner Frau offenbarte er mir den Grund. Er schob mir seine Hand zu, in der lagen zwei Pillen. „Drogen?", fragte ich ihn überrascht. „Ich dachte, du hast einen tollen Trick!"

Das hoffte ich wirklich! Aber die Tabletten, die er mir schenkte, waren auch gutes Zeug. Ich nahm sie und verwandelte mich für diese Nacht in jenen Menschen, der ich schon immer sein wollte. Die Probleme verschwanden und die Welt um mich herum wurde wunderschön. Ein traumhaftes Gefühl, allerdings nur solange, bis die Wirkung verflog. Dann war es noch viel schlimmer, die Probleme kamen schlagartig zurück und schienen noch schrecklicher, als zuvor.

Als ich den Morgen bei meiner Frau saß und auch nicht fähig war auf Arbeit zu gehen, wurde sie misstrauisch. Sie machte mir eine riesige Szene und fragte mich: „mit welcher Frau ich sie betrüge". Ich erzählte ihr von meinem Freund, doch das glaubte sie mir nicht. Also nahm ich sie, nach dem ich den ganzen Tag niedergeschlagen im Bett verbrachte, abends mit zu ihm.

Sie war erleichtert, als sie sah, dass meine Story stimmte. Auch sie war sofort angetan von der Leichtigkeit seines Seins. Sie begann mit unseren Kinderwunsch und weinte sich die Augen aus. Peinlich berührt verließ ich mit ihr die Bar und er gab mir vorher noch ein paar Pillen. Ich teilte sie mit ihr und erzählte: „dass dann alle Probleme verschwinden".

Zusammen zogen wir auf der Wolke des Glücks.

Unbeschwertheit, komplette Schönheit, alles war toll. Wir waren so selig und danach kaputt, weil die Wirkung endete. Also besorgten wir uns neuen Stoff und wieder und wieder. Wir bemerkten den Weg in die Sucht **nicht** und wollten einfach nur dieses Gefühl genießen!

Es blieb nicht bei den Tabletten. Meine Frau war sehr spontan und immer an neuen Möglichkeiten interessiert. Das war auch der Hauptgrund, warum ich später bei ihren Eltern, die Schuld auf sie schob. Sie war vollkommen bei der Sache und begeisterte uns beide immer mehr für diese Dinge. Nie überlegten wir, was geschehen könnte oder was aus uns wird. Im Spiegel sahen wir immer zufrieden aus.

Nur unser Umfeld veränderte sich sehr. Da waren die Leute in der Nachbarschaft. Sie wurden uns gegenüber sehr abfällig. Sie beschimpften uns mit Sätzen wie ‚Randy-Wendi-Stich'. Bei Kindern hätten wir dieses Verhalten verstanden, aber bei deren Eltern? Sie machten sich dabei keine Gedanken, wie es uns durch ihre ständigen Beleidigungen gehen könnte. Es tat weh und wir rutschten noch tiefer in die Drogen. Wir verloren unsere Arbeit und bekamen Schwierigkeiten das Haus zu behalten. Die Drogen wurden auch von Mal zu Mal teuer, wenn wir sie uns besorgten. Die Dealer wissen ganz genau, wie weit sie es treiben können, wenn ein nach Zeug verlangender Abhängiger vor ihnen steht. Ich wollte einfach den Stoff und war bereit ALLES dafür zu geben.

Unsere Eltern wendeten sich an uns. Sie wollten uns nur helfen, aber zu dem Zeitpunkt waren wir nur sauer, dass sie sich in unser Leben einmischten.

Ihre Eltern beschuldigten mich und meine Wendi. Deshalb schoben wir uns die Verantwortung gegenseitig zu. Sie wollten uns einweisen lassen, da flippten wir aus. Wir sahen sie danach nie wieder!

Meine Frau und ich entschieden, das Haus zu verkaufen und es kam ein schönes Sümmchen dabei zusammen. Auch die Nachbarn waren heilfroh uns los zu sein und auch wir, sie nicht mehr ertragen zu müssen.

Wir zogen in eine Gegend, die wir uns leisten konnten. Unsere neue Wohnung war klein und im Gegensatz zu dem Haus, sehr schäbig. Aber egal, wir waren sowieso ständig in unserer eigenen, wundervollen Welt. Wozu noch die andere sehen?

Wir gaben das komplette Geld für Stoff aus, gingen in unsere Wohnung und feierten eine riesige Party. Wir setzten uns gegenseitig den goldenen Schuss und lagen auf den Wohnzimmerfliesen nebeneinander, unbeweglich.

Mit offenen Mund und weit aufgerissenen Augen beobachte ich die Decke, die immer wieder neue Formen und Farben annahm. Bei einigen musste ich lachen, also so gut es mir in dem Zustand noch möglich war. Meine Frau erbrach sich neben mir. Ich hörte die Geräusche und ihr würgen, konnte mich aber nicht zu ihr drehen. Sie winselte dabei und ich war in eine schöne bunte Welt getaucht.

Irgendwann war sie still und ich lag immer noch mit dem Blick zur Decke. Mein Körper zuckte kurz und schlug um sich. Die Krämpfe dabei schmerzten nicht, es war nur nervig, unkontrolliert zu zucken. Meine Augen quollen heraus, zumindest kam es mir dabei so vor. Alles wurde schwarz und dann wieder schön.

Ich stand auf und sah zu meiner Frau, die ebenfalls neben mir stand und immer noch brach. Viele kleine Ebenbilder purzelten aus ihr heraus und ich dachte: „dies wäre der beste Trip meines Lebens." Das änderte sich auch nicht, als ich uns am Boden liegen sah. Wir sahen erbärmlich aus! Das erste Mal, dass ich es so sah, denn im Spiegel waren wir **immer** die schönsten Menschen. Dort aber lagen nur zwei armselige Drogenjunkies.

Meine Frau brach weiter und es schien, als würde sie die Menschlichkeit aus sich herauswürgen.

Fassungslosigkeit kam in mir hoch und so langsam begriff ich, dass dies kein Trip sei. „Wir sind tot!", schrie ich sie an und sie schüttelte den Kopf, hielt sich den Bauch und übergab sich unaufhörlich. Die kleinen Menschen sahen aus, wie sie und schrien. Der Boden war gefüllt davon und die Lautstärke machte mich wahnsinnig. Ich wollte sie überzeugen zu gehen, doch sie wollte oder konnte nicht.

In mir kam die Sucht wieder hoch und ich wollte das schöne, leichte Gefühl wieder haben. Sollte ich alleine gehen, um mir Stoff zu besorgen? Wir hatten alles restlos genommen, das wir zuvor kauften. Ich wollte sie aber auch nicht allein lassen, also blieb ich dort und die Zeit verging irgendwie. Ich habe keine Ahnung, wie lange und anscheinend vermisste uns auch niemand. Unsere Leichen sah ich kaum noch, weil so viele kleine Wendi`s sie verdeckten.

Ich hoffte auf Hilfe, Engel oder irgendjemanden. Waren wir denn wirklich tot? Ich zweifelte sehr oft an dieser Frage, bis vier Menschen die Haustür öffneten. Sie nahmen unsere Leichen mit und ich sah mich noch einmal an. Ich war schon am verwesen. Meine Frau konnte nicht hinsehen, weil ihr ständig, kleine Körper aus dem Mund fielen.

Angeekelt nahm ich sie an die Hand und zog sie mit aus der Wohnung. Ich konnte einfach nicht mehr an diesem Ort bleiben und ging mit ihr zu unserem Dealer. Ich wollte noch mehr, mein Körper sehnte sich danach, meine Seele, einfach ALLES!

Sie sagen immer, Drogen gehen auf die Psyche. Damit haben sie vollkommen Recht. Wer als Abhängiger stirbt, den begleitet diese Form auch mit in den Tod. Für die Seele ist es Schwerstarbeit, dies zu verarbeiten!

Wir gingen zu dem Verkäufer und ich bettelte ihn an.

Ich schmiss mich vor ihm auf die Knie und hoffte, er würde uns doch nur ein bisschen geben. Er reagierte nicht! Er sah uns nicht und hörte uns auch nicht.

Meine Finger zuckten vor Verlangen und dieses Mal taten diese Bewegungen weh. Die Krämpfe, die mich durchfuhren, weil der Wirkstoff ausblieb. Wendi füllte die ganze Straße mit kleinen Abbildern. „Das muss doch irgendwann aufhören!", fluchte ich zitternd.

Das war so grotesk! Ich kämpfte mit meinen Problemen und konnte auch ihr nicht helfen. Ich hoffte, dass die Sucht sich von allein gibt! Doch ich wurde schnell eines Besseren belehrt, als wir Gleichgesinnte trafen. *Viele Seelen kämpfen mit diversen Süchten.*

Das Problem ist, dass der menschliche Körper abhängig wird und es auch zeigt.

Die Seele gewöhnt sich daran und es brennt sich in ihr ein. Das Verlangen soll sich mit der Zeit abschwächen, aber diese menschlichen Reaktionen loszuwerden, ist eine ganz andere Thematik.

Dieses Zucken und Zittern, weil man nichts mehr nehmen kann und so die Sucht auch nicht befriedigen kann.

Die Seele übernimmt es in ihr eigentliches Leben und es ist so schwer, es zu unterbinden.

„Ablenken", meinten viele. „Sich anderen Sachen widmen." Wie soll ich das machen mit einer Frau, die neben mir nur kotzt?

Wir haben es beide zusammen verbockt, ich lass sie nicht allein! Aber ich kann nichts für sie tun. **NIE!** Und auch ich kann nichts für mich tun, es gibt keine Therapie. Es ist zwecklos.

Wir gingen zurück in unser Haus, das vom Aussehen her plötzlich unserer letzten Obhut gleicht. Für mich ist es genauso dunkel, trist und hoffnungslos. *Ich spüre aber, dass hier neue Lebendige eingezogen sind. Mit Kinder!* Deswegen stützen mich momentan die Gedanken an die Familie, die ich mit Wendi gründen wollte und suche einen Ausweg.

Und ich habe ihn gefunden! Wir fangen beide ein neues Leben an und wenn wir dann wieder sterben, werden wir hoffentlich anders drauf sein. Wir dürfen dieselben Schwächen nicht noch einmal zeigen. Es gibt keine andere Lösung, ich kann es nicht mehr sehen, wie Wendi leidet und auch mir geht es sehr schlecht!

Ich nehme daher den Anlass, unsere Geschichte zu erzählen und werde nun meine kranke Frau mitnehmen und mir zeigen lassen, wie wir eine neue Chance bekommen können.

„So funktioniert es nicht", wurde ich ermahnt.

Wir sind erst kurze Zeit tot und müssen erstmal einige Probleme lösen, bevor wir in ein neues Leben gehen können. Da wäre die erste Frage, warum erbricht Wendi? Es liegt auf der Hand, sie erstickte an ihrem Erbrochenen und versucht es nun durch das ständige Erbrechen auszugleichen.

Jetzt müssen wir es ihr nur klarmachen und dann sollte sie damit aufhören. Zumindest sagen das die anderen Toten und sie müssen es ja wissen, denn viele helfen hier verlorenen Seelen, wie wir es sind.

Wir reden die ganze Zeit mit ihr und versuchen sie zu erreichen. Jetzt können wir nur abwarten und hoffen.

Einige Zeit verging und wir sind zu ihr durchgedrungen. Sie japst nun nur noch und hält Blickkontakt. Ich bin überglücklich, denn es war schon ein grausiges Bild, was sich uns da bot. Aber die Frage ist, wie geht es weiter? Ich muss mich erkundigen.

Wieder sind einige Tage ins Land gezogen. Für uns irrelevant, mein Körper zittert durchgehend und Wendi bleibt still sitzen. Sie möchte nicht sprechen und wenn ich sie darum bitte, schüttelt sie nur den Kopf. Ich sehe ihr an, dass auch sie Schmerzen leidet.

Allerdings anscheinend auf eine andere Art, nicht körperlich, aber ich spüre es genau.

Ich weiß keinen Ausweg und niemand hat einen wirklich helfenden Rat. Die Menschen, die in unserem Haus wohnen, kann ich immer besser wahrnehmen. Ich sehe das als gutes Zeichen und warte nun auf den Moment, bis Wendi nur ein Wort sagt, nur eins, es würde mir soviel bedeuten!

Ich bereue auch nicht mehr, dass ich die Drogen

nahm, weil ich in diese Gedanken kurz verfiel. Es ist sinnlos, etwas zu verurteilen, das man nicht mehr ändern kann. Dieses Leben ist ein Teil von mir. Es tut mir nur um meine wundervolle Frau leid. Ihr Traum waren Kinder und was bekam sie von mir? Was schenkte ich ihr stattdessen? Diese Schuldgefühle belasten mich sehr.

Hier im Haus leben aber Kinder, fällt es mir gerade wieder ein. Ich werde das Wendi gleich erzählen, vielleicht kann ich sie so erreichen und unsere alten Träume wieder in ihr aufleben lassen. Ich bin sehr optimistisch, dass könnte funktionieren!

***

Der kleine Junge namens Ryan hat es ihr angetan. Sie sieht ihn und auch er reagiert auf sie. Es ist unglaublich! Sie begann ihm leise etwas vorzusingen und brachte ihn so zum schlafen. Ich kann es nicht in Worte fassen, was mir das bedeutet. Welch ein wunderschönes Bild das war! Es wird noch viel Zeit vergehen, bis wir uns in den Griff bekommen, aber wir sind beide auf einem guten Weg. Inzwischen kann ich auch meine Anfälle besser unter Kontrolle bringen. Sie werden nie ganz verschwinden, da müssen noch viele Menschenleben vergehen. **Aber man soll ja niemals NIE sagen!**

BRENDA

Schon vor Jahren wollte ich reden, aber jene Person nahm mich nicht wahr. Doch hätte ich es mir so sehr gewünscht, denn mein Tod war nicht geplant. Es hätte mich gar nicht treffen dürfen, auch wenn mein Beruf gefährlich war und ich so auch meine Tochter gefährdete.

Zum Glück überlebte sie. Ich bin ausnahmslos bei ihr, doch sie spürt mich nicht – hört mich nicht.

An ihrem Leben weiter teilzunehmen ist unbeschreiblich. Sie war Baby als ich starb und leidet so weder unter meinem Tod, noch vermisst sie mich.

Ihren leiblichen Vater kennt sie nicht. Sie hat wundervolle Pflegeeltern und wird liebevoll großgezogen. Das macht mich glücklich und doch ist ein kleiner Teil von Traurigkeit in mir, weil ich sie nicht großziehen kann und diese schöne Erfahrung nicht vollständig erlebe. Doch als ich es hätte genießen können, brauchte ich Geld um unser Leben zu sichern.

Ich verdiente gut und konnte so kein Angebot ausschlagen. Mit meiner Tochter verdiente ich doppelt soviel, denn wir waren eine perfekte kleine Alibifamilie, bei der der ständig wechselnde Auftragsmörder wirkte, wie ein liebevoller Familienvater.

Dreimal war meine Kleine dabei.

Immer inszenierten wir einen Familienausflug und ich wusste nie das Ziel. Ich spielte einfach mit und während mein Alibimann seinen Auftrag erfüllte, saßen wir sicher im Hotelzimmer.

Auch davor ohne Kind spielte ich immer selbstsicher meine abenteuerliche Rolle, geriet nie in Gefahr, der Auftrag endete und ich erhielt gutes Geld. Warum hätte ich mir Sorgen machen sollen, dass es einmal anders wird? Ich bekam von der wirklichen Gefahr nie etwas mit und fand die ständige Abwechslung, durch die immer veränderten Einsatzorte, toll. Dann kam mein letzter Auftrag.

Konform ging ich mit meiner Tochter los, um meinen Auftragsmann von seiner gewünschten Stelle abzuholen. Er stand in einem Raum mit zwei Anderen und ich dachte, „der Auftrag ist schon erledigt." Er war auch nicht überrascht mich zu sehen.

Plötzlich schossen sie um sich! Ich wollte mein Mädchen in Sicherheit bringen, rannte fluchtartig weg und wurde im Hinterkopf getroffen.

Ich war sofort tot, sah meinen Aufprall und konnte die furchtbare Actionszene weiter verfolgen. Mein Alibimann tötete die zwei Männer, prüfte meinen Puls und nahm meine Kleine an sich.

Vor Unverständnis zerrissen und voller Traurigkeit erfüllt, folgte ich beiden und ließ meine Überreste hinter mir.

Er gab meine Tochter ohne Namen oder Hinweise auf Ahnen im Waisenhaus unbeobachtet ab. Ich dankte ihm dafür und wich nicht von ihrer Seite. Sie fanden sehr schnell das neue Zuhause für sie.

Einige Zeit später, als meine Tochter schon schlief,

ging ich zu ihren Eltern, denn ich nahm meinen Namen bei ihnen wahr und sie unterhielten sich wirklich über MICH!

Als man meine Leiche fand und ich identifiziert wurde, sahen sie bei der Obduktion, dass ich kurz vor meinem Tod ein Kind entbunden hatte. Sie suchten eigentlich nach Drogen oder Alkohol um mein unverständliches Sterben, nur mit Kopfschuss als Mord abstempeln zu müssen. Natürlich war eine Schwangerschaft ein gefundenes Vorurteil für sie, obwohl alle anderen Tests negativ blieben.

Selbstverständlich gab es dann eine ausgedehnte Suche nach dem Baby. Sie prüften auch die Waisen-häuser in der Umgebung. Sie testeten meine DNA mit einigen Babys und darunter war auch meine Kleine. Nun hatten sie meinen Namen. Aber nur den!

Meine wirkliche Identität, mitsamt richtigen Wer-degang und die Geburt meiner Tochter, sowie deren richtiger Name bleiben meine Geheimnisse.

Ich teile dies nur mit meiner Kleinen, wenn auch sie stirbt und von mir die Wahrheit erfährt, die ihr sonst niemand sagen kann.

Dass auch ihre leibliche Mutter sie NIE im Stich ließ. Dass mein Mord einen Grund hatte, wenn auch keinen guten. Dass die Indizien falsch waren und das einzig Wichtigste überhaupt - ich war immer bei ihr **und werde es für immer sein!**

KARL-LUDWIG

Hallo, ich heiße Karl-Ludwig. Ich bin 56 Jahre alt und habe leider keine Frau und Kinder. Mein Lebensinhalt war immer nur die Arbeit und mein Leopardengecko Emil. Trotz alle dem fühlte ich mich nie einsam. Ich hatte einige Freunde im Kollegenkreis.

Meine Abende verbrachte ich meist mit Emil und dem Fernsehprogramm.

Unerwartet traten bei mir gesundheitliche Probleme auf. Ich bekam plötzlich Atembeschwerden, obwohl ich Nichtraucher bin und auch kein Übergewicht habe.

Ich gehe sonst nicht so schnell zum Arzt, aber ich bekam richtige Panik, dass ich ersticken könnte. Also suchte ich meinen Hausarzt auf.

Es folgten die üblichen Untersuchungen: Blutbild, Urin, EKG und Schilddrüse. Einige Tage später erfolgte die Auswertung, aber es war alles in Ordnung. Der Arzt erzählte mir etwas von nervlicher Belastung und Stress auf Arbeit und war der Meinung, dass ich einfach mal einen Gang zurück schalten sollte.

Das war leichter gesagt, als getan. Leider hatte ich keinen Beruf, bei dem ich einen Gang runter schalten konnte. Ich arbeitete in einer Autowerkstatt als Schlosser. Mein Chef schätze meine Ausdauer bei der Fehlersuche genauso, wie meine Schnelligkeit.

Da ich keine Familie habe, schaue ich auch nicht auf die Zeit, wenn ein Auto unbedingt fertig werden muss. Und dann soll ich runterschalten? Und wie sage ich das meinem Chef?

Ich sagte nichts und arbeitete weiter wie bisher.

Eines Tages auf Arbeit bekam ich keine Luft mehr und fiel um. Ich hörte die Schreie und Rufe meines Kollegen, aber ich konnte nicht reagieren.

Ich hatte das Gefühl, ich stehe neben mir, denn ich konnte sehen, wie sie mich in die stabile Seitenlage legten und den Krankenwagen riefen. Als der Arzt eintraf versuchte er mich wiederzubeleben, aber zu spät. Ich war einfach so gestorben. Mein Kollege nahm meine persönlichen Sachen an sich.

Sie fuhren weg und danach kam der Leichenwagen. Meine Körperhülle wurde in einen Sack gelegt, Reißverschluss zu und das war es. Aber ich war noch da! Ich konnte alles sehen und hören. Ich verstand nicht, was da passierte und was war ich jetzt?

Ich setzte mich in die Ecke der Werkstatt und wartete, was weiter passieren würde.

Nach einer Weile kam mein Chef. Er erklärte meinem Kollegen, „dass er jetzt schneller arbeiten müsste, da das Auto in einer Stunde von seinem Besitzer abgeholt werden würde". Ich wollte helfen, aber keiner nahm mich wahr und ich konnte auch das Werkzeug nicht halten, es fiel einfach durch meine Hand.

Auf einmal fiel mir Emil ein.

Wer würde ihn füttern und er brauchte auch sein Licht als Wärmequelle?

Tagsüber schlief Emil immer, aber abends war ich da und sorgte für ihn.

Ich versuchte zu laufen und es ging. Also lief ich zu meiner Wohnung.

Ich wollte die Eingangstür aufschließen, aber es ging nicht, ich hatte keinen Wohnungsschlüssel dabei. Erschöpft lehnte ich mich an meine eigene Tür und fiel durch sie hindurch in meine Wohnung. Ich dachte darüber nicht lange nach und ging sofort zu Emil. Er schlief noch. Emil ist nachtaktiv, das kam mir, da ich berufstätig bin, sehr entgegen.

Ich versuchte sein Licht anzuschalten, griff aber durch den Schalter. Wie sollte ich ihn füttern? Ein oder zwei Tage fasten war für Emil kein Problem, dann brauchte er aber sein Futter.

Ich setzte mich neben dem Terrarium auf die Erde und beobachtete ihn traurig.

Stunden später hörte ich ein schließen an meiner Eingangstür. Herein kam Karl, mein Kollege. Er schaltete das Licht für Emil an und gab ihm frisches Wasser.

Neben dem Terrarium stand meine große Plastikdose, in der eine Grillenkolonie lebte und sich gut vermehrte. So hatte ich immer Futter für Emil.

Zum Glück war Karl ein Tierfreund und wir hatten uns oft während des Autoschraubens über Emil und meine Grillenzucht unterhalten. Karl fütterte

Emil und ich war erleichtert, dass Emil nicht verhungern würde.

Karl erzählte Emil, „dass er morgen zu ihm ziehen würde, heute ist es schon zu spät".

Mir fiel ein Stein vom Herzen, Emil würde also bei Karl wohnen.

Jetzt musste ich nur noch eine Bleibe finden, denn ich fühlte, dass ich hier nicht bleiben konnte.

Also verließ ich meine Wohnung. Irgendetwas zog mich zur Autowerkstatt. Sie hieß Werkstatt ‚Karl'. Es war schon seltsam, mein Chef hieß Karl, mein Kollege auch und ich Karl-Ludwig. Ich ging hinein, aber hier war niemand außer mir.

Ich setzte mich auf den Boden, auf die Stelle, wo meine Leiche noch vor kurzem lag.

Auf einmal fühlte ich eine Hand auf meiner Schulter. Ich drehte mich um, und da stand mein Vater. Er war gestorben, als ich ein kleiner Junge war.

„Junge, komm mit mir, ich zeige dir, wie es jetzt weiter geht." Er nahm mich an die Hand und ich ging mit ihm. Es fühlte sich so gut und richtig an. Er erzählte mir auch, „dass man sich entscheiden kann, ein neues Leben zu leben".

Ich denke oft darüber nach, aber ich war so allein. Mein Wunsch nach einer eigenen Familie ist nie in Erfüllung gegangen. Soll ich es noch einmal versuchen...?

CHIN LE

Ich bin rasend schnell und zufällig entstanden aus einer Mischung Liebe, Lust und Unwissenheit. Meine Eltern waren überrascht, als sie mich in ihren Armen hielten und sie erzählten mir jeden Tag von diesem Glück. Das fehlt mir nun sehr. Zu gern möchte ich wieder mit ihnen reden und nicht nur ihre Antworten hören, auf Fragen, die nicht die meinen waren. Dabei hab ich so viele Fragen und sie können mir nicht mehr helfen. Sie waren doch immer für mich da und ich muss mich umgewöhnen, dass es nun anders ist.

Dass ich nur noch bei ihnen sein kann, ohne, dass sie mich wahrnehmen können. Aber das ist furchtbar und überhaupt kein Trost.

Das alles begann vor vielen Jahren, als ich unbeteiligt in den Tod geraten bin. Ich wollte nicht sterben, war noch jung und voller Pläne. Doch das interessiert Niemanden. Ich muss meiner Wege gehen und darf nicht zurücksehen. Dabei ist es so schwer! Mir wäre es lieber gewesen, dass der Tod endgültig wäre. So viele Qualen, wie jetzt, erlebte ich mein ganzes Leben nicht!

Behütet und liebevoll wuchs ich auf und meine Eltern waren das Größte für mich. Ich muss es immer wieder wiederholen und würde es am liebsten laut hinausschreien. Ich liebe euch, ich vermisse euch und zähle jeden Tag, den ihr altert, weil ich dann weiß, dass ihr ganz sicher bei mir seid.

Ich brauche euch doch und weiß nicht, was ich ohne euch tun soll. Schon im Leben war ich sehr abhängig von euch und genoss es jede Sekunde. Warum starb ich? Warum lag ICH in dem Sarg? Es war so schrecklich ... dieser Anblick ... des eigenen toten Körpers. Ich komme damit nicht klar und dann diese Kälte. Sie durchdringt mich immer wieder. Denn so starb ich. Erfroren in einem Kühlhaus, vergessen ... mit Absicht oder wohl nicht.

Ich wüsste nicht, warum man mir Schaden zufügen wollte, daher hoffte ich auf einen Unfall. Aber einige Indizien sprechen dagegen. Da war meine Freundin auf der Beerdigung. Sie weinte etliche Tränen, doch glaubte ich sie ihr nicht - nach dem Streit, den wir vor meinem Tod hatten? Er war so schlimm und heftig! Wir quälten uns gegenseitig, denn wir liebten uns, doch wird das hier ungern gesehen.

Ich fühlte mich schon lange nicht mehr wohl in meinem Körper und haderte mit meinen Gefühlen für meine beste Freundin. Als sie diese erwiderte, wollte ich es nicht glauben, dass es so etwas wirklich gibt?

Ich hatte schon einige Männer vor ihr, doch fühlte ich mich da immer fehl am Platz. Sie gab mir das Gefühl, dass es endlich richtig ist. Endlich fühlte ich mich wohl mit MIR! Wir hielten es geheim, denn das ist keine Nachricht, die man den Eltern sagen sollte.

Wir trafen uns und fühlten uns ständig enttarnt, wenn wir lachend über die Straße liefen und uns die Leute deswegen anstarrten. Ahnten sie es? Sahen sie die Liebe zwischen uns?

Meine Freundin kam damit nicht mehr klar und deswegen eskalierte unser Streit. Ich wollte ihren Entschluss, das Ende, nicht so einfach hinnehmen!

Aber ich wusste auch, dass es nicht ewig so weiter gehen konnte. Ich wollte es meinen geliebten Eltern sagen und sie nicht länger täuschen. Da schlug sie mir ihre Hand ins Gesicht, weil es dann auch ihre Familie ganz sicher erfahren würde.

Also machte ich den Vorschlag zusammen in ein anderes Land zu gehen, in dem die Leute mit diesen Thema offener umgingen. Doch dann kam ich sofort von dem Gedanken ab. Ich konnte doch nicht meine Eltern verlassen! Wir kamen nicht vorwärts mit unseren Entscheidungen und fanden keine gemeinsame Lösung. Sie plädierte auf Trennung und ich wieder auf die Wahrheit.

Fest entschlossen nahm ich mir vor, meinen Eltern davon zu erzählen. Sie schaute mich wütend an und ging ohne weitere Worte.

Ich musste weinen und dachte wieder über alles nach. Ich wollte nicht meine Freundin verlieren, also müsste ich meinen Eltern davon erzählen. Aber würde ich dann sie verlieren? Wie hätten sie reagiert? Es gab nur zwei Möglichkeiten und mir gefielen beide nicht mehr wirklich.

Entweder verliere ich meine Eltern oder meine Freundin. Dabei erkannte ich, dass ich sie schon verloren hatte und mich niemanden mehr anvertrauen müsste. Mit ihr verlor ich auch mich. Die Sicherheit und das gute, komplette, richtige Gefühl.

Ich lebte weiter vor mich hin und wurde im Gefrierhaus wach. Ich wusste nicht mehr, warum ich dort war oder, wie ich dort hinkam.

Allein sah ich zitternd auf meine Leiche und verließ erst den Ort, als ein Mann mich dort entdeckte. Er schrie und alarmierte die notwendigen Personen.

Ich ging sofort zu meinen Eltern, die weinend zusammenbrachen. Ihr Schmerz wurde mein Schmerz und er wird es solange bleiben, bis auch sie tot sind.

Meine Frau Mutter überlegt oft, ob sie sich umbringen soll. Sie redet mit mir darüber an meinem Grab, aber nur mit mir. Sonst weiß keiner von ihrer Denkweise. Auch diese wird bei uns verpönt, obwohl sie sooft durchgeführt wird.

Und ich weiß nicht, wie ich darüber denken soll. Wobei es eigentlich ganz klar ist! Ich will sie BEIDE bei mir haben! Wenn Sie diesen Schritt geht, wird auch er es vollziehen und wir alle drei können wieder glücklich sein!

RUPERT

Verheißungsvoll begrüße ich Sie, so, wie ich es bei jedem tat, der an mir vorbeilief und mich entweder entsetzt oder mitfühlend ansah. Ihre Blicke waren mir egal, das könnte man meinen, doch damit täuschte ich mich lange selbst. Jeder von ihnen verletzte mich.

Es begann im schönen schottischen Eddingburg zu einer Zeit, in der ich selbst, NICHT ich selbst war!

Ich war ein wildes Tier, ein Jugendlicher, mit enorm vielen Träumen und Phantasien. Nie wollte ich auf der Straße landen und verschwendete auch keinen Gedanken an jene Menschen, die schon auf ihr lebten und mit denen ich später mein Schicksal teilte ... und mein Essen. Ich brauchte niemals viel davon und gab es gerne ab.

Louise war eine von ihnen. Wie oft ging ich an ihr vorbei – gedankenlos - und meine Freunde hatten nur schallendes Gelächter für sie übrig.

Als ich Jahre später wieder auf sie traf, entschuldigte ich mich sofort für dieses gemeine Verhalten. Aus Dankbarkeit erzählte sie mir ihre Story, wie sie den Weg auf die Straße fand. Er unterschied sich generell von meinem. Sie hatte keine Wahl und lebte so schon von klein auf. Sie war es nicht anders gewöhnt und empfand es auch nicht negativ.

Sie war mit dem bisschen glücklich, was sie besaß

und das war wirklich nicht viel. Nicht jedem bietet das Leben nur Lorbeeren und Ruhm, Geld oder Macht.

Es sind die kleinen Dinge, die zählen - das Leben selbst - aber das lernt man erst, wenn man nichts mehr hat, das davon ablenkt und nur noch SICH hat und die Grundbedürfnisse stillen muss. Außerdem auch darauf achten muss, dass man nicht erfriert oder in andere, lebensbedrohliche Lagen kommt.

Das Leben auf der Straße war nie leicht, doch war es einfacher, als das Wohlstandsleben, welches ich als Erwachsener führte. Getrieben vom ständigen Neid und Eifersuchtstiraden kündigte ich meinen Bürojob, der mich zusehends unglücklicher machte.

Ich hielt es nicht mehr aus mit der gespielten Freundlichkeit der Kollegen, wobei jeder nur nach dem Stuhl des Anderen trachtete. Verlogenes Pack waren sie, das spürte ich schon, wenn sie noch weit entfernt standen und zu mir rüberblinzelten. Alles Aasgeier, die mich nicht mehr kannten, als sie mir auf ihren Arbeitsweg begegneten. Aber das war in Ordnung, denn ich wollte es auch nicht. Es hätte mich nur verwundert...

Ich verlor meine Wohnung, meine Besitztümer und wollte die Welt neu erobern. Weg aus dem Land, ein anderer Kontinent.

Ich war etwas naiv und begriff sehr schnell, dass es so nicht funktioniert. Ich wollte aber auch keinesfalls bei meinem Boss betteln gehen.

Dieser ganze Alltagshohn - ich wollte mich ihm nicht mehr aussetzen, lief durch die Straßen und begegnete Louise.

Sie war eine bemerkenswerte, hübsche Frau und zog mich sofort in ihrem Bann. Schwer verliebt blieben wir zusammen und lebten von dem, was uns großzügige Menschen gaben. Viele beschimpften uns und waren der Meinung, dass wir das Klimpergeld sowieso nur für Alkohol rauswerfen würden. Diese Klischees, denen man überall begegnet - wir erfüllten sie nicht, wurden aber dennoch in diese Schublade gesteckt. Ohne Obdach ist gleich alkoholkrank.

Wir lachten darüber und über vieles andere. Wir hatten eine Menge Spaß zusammen und lebten vier Jahre, neun Monate und drei Tage glücklich vereint. Warum ich das so genau weiß? Ich verlor alles was ich hatte, aber nicht meine Uhr, die mir das magische Datum anzeigte, nachdem Louise mich mit einem herzlichen Hallo begrüßte. Ein traumhafter Augenblick, der sich in meiner Seele einbrannte. Ihre warmen, grünen Augen glitzerten, wie viele kleine Sterne.

Als sie ihre für immer schloss, brach für mich eine Welt zusammen. Sie war noch so jung, doch die Knoten in ihrer Brust waren für uns so deutlich spürbar, dass uns beiden klar war: „wir haben nicht mehr viel Zeit". Sie war kürzer, als ich hoffte und zog mir den Straßenbelag unter den Füßen weg. Ab dem Zeitpunkt belog ich mich selbst, um weiterleben zu können, ich wäre sonst sofort daran zerbrochen. Die Blicke der Passanten schnitten sich in mir ein und ich unterteilte sie nur noch in „der gibt mir etwas - der nicht".

Allerdings fand ich Jahr für Jahr so den Sinn meines Lebens. Ich fand meine Freundlichkeit wieder, zu jedem, der an mir vorbeiging und sie beschenkten mich. Es machte mir Freude, dies weiterzugeben, um andere zu erfreuen.

Ein einzigartiges Gefühl, mit Ehrlichkeit und komplettem Herzen etwas zu schenken, das andere dringender brauchen, als man selbst.

Ich versuche das immer noch zu machen, nur ist es nun schwieriger, aber dennoch nicht unmöglich. Die Macht - welch schönes Wort - der Toten ist nicht zu unterschätzen.

Wir können Menschen leiten, um sie in andere Lebensbahnen zu führen. Kleine Unglücke verzögern, jedoch nicht verhindern. Warum sollten wir das auch? Jeder Mensch lernt etwas dadurch. Louise und ich haben gelernt, das was wirklich glücklich macht sind weder Reichtum, noch großer Besitz.

Es ist die Zeit, die man miteinander verbringt, die so wertvoll und kostbar ist, dass sie mit keinem Geld der Welt zurückgeholt werden kann und deshalb vollständig genutzt werden sollte.

Wir beide machen das immer noch und schauen, wie man hilfebedürftigen Menschen von unserer Seite unter die Arme greifen kann. Die Blicke der anderen Leute verletzt alle, doch zugeben würde es kaum einer. Doch das ist im Tod, als Seele, anders.

Man muss sich jeder bitteren Wahrheit stellen. So schön und einfach, wie ich das Leben auf der Straße fand, hatte es dadurch doch einen bitteren Beigeschmack, den man nicht von sich weisen kann. Wir waren Alkoholkranke, Drogenabhängige, Schnorrer, Faule und noch vieles mehr. Aber das waren wir nur in den Augen der anderen, bedauernswerten Menschen! Denn die kompensierten an uns nur ihre eigenen Probleme.

Es ist leichter, mit dem Finger auf Menschen zu zeigen, denen es anscheinend schlechter geht, um sich selbst wieder besser zu fühlen. Dabei waren Louise und ich reicher, als jeder Einzelne von ihnen. Und wir werden es immer bleiben. Denn wir haben UNS!

STEFANIO

Sieben Jahre war ich weg - von der Bildfläche verschwunden, bis mich mein Verlangen zurück ins Geschehen brachte. Meine braun gewellten Haare, die mir weich über die Schulter fielen, verlockten viele Mädchen zum gedankenlosen Einsteigen, wenn ich mit meinem Auto neben ihnen anhielt.

Mein makelloses, grandioses Aussehen machte es mir leicht, das zu bekommen, was ich wollte. Nie war eine besorgt oder unsicher, was mit ihr geschehen könnte - was ich wirklich mit ihr vorhaben könnte.

Sie dachten nur an leidenschaftlichen Sex, welcher mit mir großartig sein würde, bei dem Aussehen! Meine funkelnden Augen und meine sinnlichen Lippen sprachen eine eigene Sprache. Wie oft sagten sie mir dies.

Innerlich lachte ich laut darüber und ging in Gedanken schon die nächsten Szenarien durch, wenn meine Opfer ahnungslos eingeschlafen waren. Lange dauerte es nicht, denn ich vögelte sie immer schnell bis zur Besinnungslosigkeit und konnte mich dann meinen wahren Phantasien hingeben. An jeder befriedigte ich eine andere.

Ich besaß so viele und konnte nicht mehr damit aufhören. Am Anfang waren sie noch so, dass die Mädchen es überlebten, doch dann trieb ich es zu weit und sie erwischten mich fast. FAST - ich war intelligent.

Ich verließ meine alte Umgebung und ließ die Jahre ins Land gehen. Es wuchs schnell Gras über die Sache. Immerhin waren es damals nur einige dumme, naive, vereinsamte Frauen. Niemand vermisste sie.

So schlau ich auch war, durch die vergangene, unbefriedigte Zeit war ich wohl aus der Übung gekommen und nicht mehr so vorsichtig. Ich nahm jede mit. Egal welches Alter oder Verfassung. Lebenslustige Mädels, die heiß auf ein Abenteuer waren.

Das bekamen sie bei mir. Es war so heiß, dass mir immer mehr Phantasien kamen.

Sie zu häuten bei lebendigen Leibe. Zu sehen, wie viel geht, bevor sie sterben. Mich an ihrem Leid zu ergötzen. Es war unvorstellbar schön. *Es ist Wahnsinn, zu was ein Mensch fähig ist. Alles auszutesten und noch mehr zu wollen. Die Lust in mir war schier unbändig. Niemand konnte mich aufhalten, dachte ich, glaubte ich, hoffte ich.*

„Du bist leichtsinnig", sagte ich zu meinem letzten Opfer, als sie schon einige Zeit mit mir im Auto herumkurvte und wir ein lauschiges Plätzchen suchten. Verbissen sah sie auf ihre Hosentasche, denn auch sie hatte etwas vor, das ich aber erst später erfuhr. In dem Moment als sie starb, scheiterte ihr Vorgehen, weil meines zuvor kam. Unser Smalltalk begleitete sie beim letzten Atemzug, den sie lächelnd vollzog. Ihr Handy piepste in ihrer Hose, die ich ihr vorher beim Geschlechtsakt wortwörtlich von den Hüften riss.

Das lenkte mich total von meinem wesentlichen Abenteuer ab, das nun erst so richtig in Fahrt kommen sollte. Ich verfluchte meine Dummheit, weil ich das erste Mal ein Opfer in meine Wohnung mitnahm. Wie gesagt, ich wurde unvorsichtig und wütend. Zum Glück hatte ich ein Stück Fleisch vor mir. Sicherlich würde auch sie niemand vermissen oder per GPS orten.

Ich zerschlug das Handy und verbrannte den Chip in dem Kaminfeuer, das schon wohlig auf ihre Gedärme wartete.

„Es würde sowieso nichts von ihr übrigbleiben, dafür würde ich schon sorgen", beruhigte ich mich und vollzog weiter den Akt.

Ich genoss es in vollen Zügen, doch war es dieses Mal anders. Man kann vieles komplett schön finden und doch ist es nicht vollkommen - irgendetwas fehlte!

Das Verlangen nach einem neuen Opfer kam so schnell zurück, da loderte noch das Holz im Kamin.

Also ging ich erneut auf Pirsch. Keine, an der ich langsam vorbeifuhr, gefiel mir. Dabei war es mir immer völlig egal gewesen, ob sie brünett oder blond waren. Jeder Mensch besteht aus Haut, das reichte mir.

Ich verbrachte Tag und Nacht mit der Suche nach

dem perfekten Opfer. Selbst nach Männern hielt ich inzwischen Ausschau. Das probierte ich noch nie, vielleicht war das der fehlende Kick? Mal etwas Neues!

Nein, das war es nicht, bemerkte ich schnell, nachdem ich neben dem Erstbesten hielt und wenige Worte mit ihm wechselte. Das konnte es einfach nicht sein, also nahm ich wieder mein altes Muster auf und begutachtete die Frauen. Ich sprach viele an, doch keine wollte einsteigen.

Sollte ich zum ersten Mal Gewalt gebrauchen? Das hätte zuviel Aufsehen gemacht, also versuchte ich es weiter und sprach Jede an.

Eine sah mich geschockt an und schrie sofort nach Hilfe.

Die bekam sie postwendend und ich fuhr schnell weg. Was war geschehen? Wussten Sie plötzlich von mir?

Mir war immer klar, dass bevor ich erwischt werde und für meine Vergehen zur Rechenschaft gezogen werde, ich es vorher beende und mich selbst töte. Ich stellte es mir leichter vor, als es dann war.

Ich kaufte mir schon vor sieben Jahren Schlaftabletten für den Ernstfall. Doch die waren natürlich abgelaufen. Würden sie dennoch ihre Wirkung entfalten?

Ich wollte das nicht austesten, aber mein Haus zu verlassen und mich damit noch einmal der Öffentlichkeit aussetzen und in eine Apotheke zu gehen, kam mir auch nicht in den Sinn.

Ich musste es beenden, wie auch immer, also nahm ich sie Stück für Stück mit viel Schnaps.

„Wenn schon, denn schon", war immer meine Devise. Bei jeder Tablette musste ich mich überwinden, denn die Gedanken an den Tod machten mir dann doch Angst. Also versuchte ich mehrere auf einmal zu nehmen. Ich stellte mich so furchtbar an, dass ich mich dabei verschluckte.

Dann schlief ich ein. Ich schlief und schlief und schlief. Gefühlte tausend Jahre, denn meine Traumwelt wurde dermaßen lebendig. Ich erlebte jede Freude mit meinen Opfern noch einmal, nur verstummten sie nicht, als sie erneut starben. Sie redeten mit mir - jede Einzelne und ihre Stimmen blieben bei mir, während ich es der Nächsten schon besorgte.

Ich wusste gar nicht mehr, wie viele es waren. Sie verschmolzen für mich nur zu eine großen Masse aus Haut und Fleisch. Siebzehn waren es, zählte ich stolz, nachdem ich auch mit der letzten fertig war, die mir so sehr in der Erinnerung haftete, weil sich mit ihr alles veränderte.

Sie alle standen wieder vor mir, unverletzt - wie neu geboren.

Und sie hörten nicht auf zu reden! Ihre Münder bewegten sich so schnell, dass sie mich dieses Mal besinnungslos redeten.

Ich verlor mein Bewusstsein noch oft und in den

kurzen, hellen Momenten quatschten sie immer noch unbeeindruckt weiter. „Warum ICH das tat?"

Sie sprachen über ihre Leben, die sie wegen mir verloren. Ihre geliebten Angehörigen - auch Kinder. Allerdings interessierte mich das nicht. Wenn der Traum vorbei wäre und ich endlich komplett ausgelöscht, würden auch sie verschwinden.

Doch sie taten es nicht und mein Gewissen weigerte sich weiter, die Reue zu zeigen, die sie verlangten. Also wechselten wir die Position und ich erlebte das, was ich ihnen antat. Sie stellten sich nacheinander vor mir, blieben einfach still - endlich! Und dann geschah das Prozedere, ohne ihr zutun.

Erst erfreute es mich und ich war gespannt darauf, ALLES an mir zu fühlen, besonders den Schmerz. Er begann leicht und steigerte meine innerliche Erregung auf ein vielfaches. Die ersten vier Vorfälle überstand ich glücklich. Nach jeder Zerteilung wurde ich wieder zusammengesetzt und erneut bearbeitet.

Bis zu dem Zeitpunkt war es ein Feuerwerk der Gefühle. Ich fand dadurch das fehlende Puzzleteil, welches mir bei der Letzten fehlte. Es endlich einmal bei mir machen zu können. Blöde Schlaftabletten! Ich wollte sofort aufwachen und es leibhaftig ausprobieren, nicht nur in einem Traum. Es war wahrlich ein wunderschöner Traum, der allerdings mit der Nummer Fünf zum Alptraum mutierte. Bei ihr wurde ich damals noch experimentierfreudiger und entdeckte das vollständige Sortiment für Qualen.

Nun spürte ich sie an mir und sie waren so unerträglich, dass meine Erregung verschwand und sich auch bei den letzten zwölf nicht mehr wiederfand. Die Frauen verschwanden nach meinem letzten Atemzug und mein Körper zerteilte sich von allein.

Danach begann immer wieder mein letztes Kapitel von vorn. Wie ich mit der letzten Frau im Auto saß und sie verbissen auf ihre Hosentasche starrte. Unser Smalltalk war ständig derselbe und auch das Handeln.

Ich versuchte auszubrechen aus dieser Erinnerung, die mich wohl derartig prägte und es gelang mir nach dem hundertsten Male, als ich sie nicht umbrachte und sie nach dem Sex erholt aufstand.

Sie holte ihr Handy heraus und lächelte so, wie sie es auch bei ihrem letzten Atemzug tat. Sie erzählte, „dass sie im ständigen Kontakt mit der Polizei steht, regelmäßig ihr Handy orten lässt und ich bald für meine Verbrechen zur Rechenschaft gezogen werde. Dass mein Foto überall kursiert und es nicht mehr lange dauert, bis die Polizei eintrifft".

„Dann lässt sich die Polizei aber ganz schön Zeit", flachste ich zurück. „Und sie können dir nicht mehr helfen, denn du liegst schon zerstückelt und verbrannt in meinem Kaminsims", lachte ich weiter. „Und mich können sie nicht verhaften, denn auch ich bin tot!"

Sie zuckte mit den Schultern und löste sich spurlos

auf. Weg war auch die Zeitschleife, in der ich mich mit ihr befand und ich sah endlich wieder mit richtigen Augen in meine Umgebung.

Ich lief durch mein menschenleeres Haus und lachte über die Geschehnisse und die Schlaftabletten, die wohl nicht wirkten.

Unbelehrbar machte ich mich an mein unvollendetes Werk. Auch wenn die Schmerzen schlimm waren, verlor es nicht den Reiz für mich, es wirklich in natura mit mir anzustellen.

Zentimeter für Zentimeter schnitt ich mir in den linken Arm, um die Haut besser lösen zu können. Es war atemberaubend und ich verlor kurz mein Bewusstsein, als ich mir den Daumen abtrennte. Ich unterbrach es und nahm noch eine Packung Schmerztabletten, deren Datum nicht abgelaufen war. Sie wirkten und ich ging weiter an mein letztes Werk.

Ich musste mit Bedacht vorgehen, denn ich wollte soviel wie möglich erleben. Ich schälte die Haut an meinen Zehen ab und begutachtete mein Muskelfleisch. Es war fest, doch so mickrig.

Ich wollte mehr davon sehen und setzte an meinem Oberschenkel an. Ich legte den Muskel frei und alles wurde schwarz. Ich stand plötzlich neben mir und konnte mein Werk vollenden, bis mein Herz nicht mehr schlug.

Zufrieden setzte ich mich auf meinen Lieblingssessel und als dieses Gefühl verschwand, war da nichts mehr. Der Drang es noch mal zu machen oder besser oder anders.

Der Zwang war verschwunden. Vorher empfand ich es nie als Zwang, es war einfach ein schönes Verlangen, wie andere Menschen es auch haben.

Meins war eben anders. Ich dachte darüber nach und mein Körper verweste. Ich wollte ihn nicht weiter zerstückeln und schaute nur zu. „Von wegen Polizei, die sind immer noch nicht da", redete ich mit mir.

„Das werden sie auch nie sein", sagte Mary - mein letztes Opfer – die plötzlich neben mir stand. „Sie machten einen folgenschweren Fehler und bespitzelten das falsche Handy. Als sie es feststellten, war ich schon tot", erzählte sie mit trauriger Miene. Weg war das Lächeln, das mir so in Erinnerung geblieben war.

Ich sah sie das erste Mal als vollkommenes Wesen und nicht nur als nächstes Opfer oder Haut und Fleisch. Unvorstellbar wurde mein Leben, während ich in ihre schönen grünen Augen sah. Mir fehlten die Worte. Ich konnte keine Reue mehr zeigen, weil ich mich in dieses Leben nicht mehr einfühlen wollte.

In diesen Mann Stefanio, der ich war. Keine Liebe fühlen zu können oder sie zu geben.

Dabei kenne ich dieses Gefühl genau, meine Seele ist voll davon, doch der Mensch ließ es nicht durch.

Mary sah es sofort. Sie schenkte mir das ersehnte Lächeln und ging. Ich folgte ihr und unsere Wege trennten sich. Sie wollte weiter in der Stadt bleiben und meine Seele zog sofort zu meiner großen Liebe, die ich schon ewig kenne und mit der ich die Zwischenzeit - zwischen den Erfahrungen sammeln - verbringe.

So schnell werde ich nicht noch mal von ihr gehen, denn ein Menschenleben kann mir nichts mehr beibringen und für die vielen anderen Experimente habe ich noch UNENDLICH Zeit!

JORST

Viele Jahre verbrachte ich mit der schönsten Nebensache der Welt - meinem Motorrad. Ich bekam es mit zwanzig Jahren von meinen Eltern geschenkt und pflegte es gut. Somit überlebte es meine geschiedene Ehe und meine drei Kinder. Linda, Lydia und Tobias. Sie waren für mich das Größte, sozusagen die Hauptsache.

Ich zog sie liebevoll groß und meine Frau verließ mich wegen einem anderen Mann. Sie nahm meine Liebsten einfach mit und ich sah sie nur noch vorübergehend und nach streng einzuhaltenden Terminen.

Nachdem ich wieder mehr Zeit für mich hatte, suchte ich mir einen Job und holte mein Motorrad aus der Garage. Etwas eingestaubt war es schon und auch einiges verkantet, weil ich es kaum bewegte. Das sollte sich von nun an ändern und das tat es auch. In meiner neuen, kleinen Wohnung gewöhnte ich mich immer mehr an das Singleleben und auch die neugewonnene Freiheit wurde mir immer bewusster und ich nahm sie besser an, als ich vorher traurig dachte. Irgendwie muss man sich ja mit dem Leben arrangieren!

Die Wochenenden, an denen ich nicht die Kinder bekam, fuhr ich mit meinem Motorrad über die Straßen. Ein berauschendes, wildes Gefühl, das ich schon komplett vergaß, bei der Erziehung meiner

Sprösslinge.

Strebsam glitt ich über den Asphalt, wie ein Adler im Himmel. Nichts konnte mich mehr aufhalten! Doch dann stand da plötzlich meine Exfrau vor meiner Türe. Mit gefühlvollem Blick und in den Armen unsere Liebe.

Die sechs Augen meiner Kinder strahlten vor Freude und unterstützten ihren Wunsch, „dass wir wieder zueinanderfinden". Sie entschuldigte sich bei mir und wollte alles wieder ungeschehen machen, aber das war nicht so einfach.

Ich konnte meine Gefühle, die nicht mehr ganz so verletzt waren, nicht einfach abschalten, nur weil der andere Mann sie hat sitzen lassen, sowie sie zuvor mich!

Doch tat ich es nach wenigen Wochen und zog wieder zu ihnen, in unser Haus. Sie überzeugte mich mit einigen Versprechen und natürlich war ich auch wieder froh, meine Kinder **immer** um mich herum zu haben. Nur wollte ich nicht wieder in alte Gewohnheiten verfallen!

Und meine Frau Tanja versprach mir, mich zu unterstützen und mir mehr Freizeit zu schenken. Ich behielt meinen Job und den Vorsatz, jedes zweite Wochenende mit meinen Jungs, die ich in meine Singlezeit kennengelernt hatte, Motorrad fahren zu können. Das lief ganz super und dann wurde Tanja schwanger. Ich war außer mir vor Freude, aber auch vor Angst, weil ich schon 45 Jahre alt war und nie als

Vater aussehen wollte, wie der alte Opa.

Am Ende gewann die Freude die Oberhand und wir fieberten mit unseren Kindern, die sich schon sehr auf ihr neues Geschwisterchen freuten, dem Geburtstermin entgegen.

Es sollte der 20. Dezember sein - unser Vorweihnachtsgeschenk. Doch dann wurde daraus unser schwarzer Tag.

Kurz vor der Geburt gab es Komplikationen. Die Wehen setzten vorzeitig ein und wir waren guter Hoffnung. Aber die Kleine starb. Sie war so winzig.

Unsere Welt brach zusammen und wir suchten einander Halt, doch unsere Beziehung hatte keine Chance. Der Mann, wegen dem sie mich sitzen ließ, trat erneut in unser Leben. Auch er wurde verlassen und suchte nun Trost bei Tanja. Er fand ihn bei ihr und sie überwand ihren Trauerprozess durch ihn.

Ich war anfänglich nur wütend und reichte sofort die Scheidung ein!

Die Beziehung zu meinen Kindern wurde komplizierter und ich konnte nur Frust abbauen, indem ich mit meinem Mottorad fuhr. Lange und schnell!

Das machte ich noch fünf Jahre. Gemeinsam mit meinen Jungs und noch mehreren, anderen Fahrern veranstalteten wir Treffen und hatten viel Spaß.

Tanja heiratete in der Zeit neu. Allerdings nicht den Mann, der für unsere doppelte Trennung verantwortlich war. Sie bekamen noch zwei gemeinsame Kinder und ich näherte mich meinen eigenen wieder besser an. Sie waren nun schon fast erwachsen und lebten gewissermaßen ihr eigenes Leben. Sie kamen sehr oft zu Besuch, schliefen über Nacht und verschönerten meine Zeit.

Ich dachte, es wird sich nichts mehr ändern. Wir hatten doch schon alle Schicksalsschläge durch! Aber da habe ich die Rechnung ohne mich gemacht. „Dass mir etwas passieren könnte", mit dem Gedanken verschwendete ich keine wertvolle Sekunde. Doch so war es!

Ich fiel einfach um - einfach so!

Nicht einmal Schmerzen oder Vorzeichen, gar nichts! Hirnschlag! Tot!

Zu dem Zeitpunkt war ich allein in meiner Wohnung, sodass es zwei Tage dauerte, bis meine Kinder mich fanden. Es war furchtbar!

Ich war nur noch traurig! Außerdem verwirrte mich der Tod. Wie kann es weitergehen? Warum? Gläubig war ich nie, schon gar nicht nach dem Tod unserer Tochter. Priscilla sollte sie heißen. Tanja benannte ihre eigene, neugeborene Tochter nach ihr und ihr Sohn wurde dazu ein Aaron, weil sie ihm mit den Namen ‚Elvis' nicht ärgern wollten.

Mir gingen so viele Gedanken im Kopf herum, besonders als sie alle gemeinsam um meinen Sarg standen und weinten. Ihre Leben liefen weiter - meins nicht! Ich brauchte einige Zeit, um das zu verkraften und blieb auf dem Friedhof sitzen.

Meine Motorradfreunde machten es zum Ritual,

meine Grabstelle bei jedem Treffen zu besuchen und, wie sie halt so waren, machten sie Scherze über die Art meines Todes.

„Dass ich nicht mal den Schneid besaß, bei meiner Leidenschaft zu sterben, sondern sinnlos und feige umzufallen.

Wie konnte ich nur?" Ich lachte mit ihnen und fühlte mich ein Stückchen wie zu Lebzeiten.

Dann fuhren sie weiter und ich blieb zurück. Ein Umstand, der meine Traurigkeit immer wieder zurückholte. Ich versuchte auf ihren Motorrädern zu fahren, doch es blieb nur dabei, dass ich auf ihnen sitzen konnte.

Dadurch kam ich aber bei ihrem nächsten Besuch auf die Idee sitzen zu bleiben und nicht aufzustehen, nur weil sich mein Kumpel auf seine Maschine setzt. Er fuhr los und ich blieb sitzen!

Ich blieb wirklich auf seinem Schätzchen sitzen und fuhr mit in die Bar, in der wir uns schon früher gerne trafen. Ein Wahnsinnsgefühl!

Ich variierte wöchentlich zwischen meinen Freunden und begleitete ihren Alltag mit. Zwei von ihnen starben und ich war jedes Mal so froh, dass wieder einer von ihnen bei mir ist. Nun fahren wir gemeinsam mit unserer Truppe zu jedem Treffen.

Es hat sich nichts verändert. Wir lachen mit ihnen mit und unsere Zusammengehörigkeit ist stetig angestiegen. Auch meinen Kindern geht es wieder gut und das macht mich unendlich glücklich.

ELISE

80 Jahre war ich alt, als ich mir meinen Traum von einem Hund erfüllte. Alle sagten mir: „ich sei zu alt", doch ich fühlte mich rüstig und jung genug, ein liebes Lebewesen zu versorgen.

Ein kleiner Malteser machte mich glücklich und war auch schon etwas älter. Fünf Jahre genau und damit waren auch meine Kinder zufrieden, dass er mich nicht überleben könnte und wenn doch, dann wäre er schon so alt, dass sie ihn bei meinen Tod problemlos einschläfern könnten.

Das waren ihre Worte, doch ich sah darüber hinweg, denn sie hätten wirklich keine Zeit für einen Hund gehabt und auch kaum Geld.

Meine Rente war ebenfalls nicht die größte, aber ausreichend um uns beide zu versorgen. Ich vermisste die Liebe nach dem Tod meines Mannes und Ringo, so hieß der Hund schon vom Vorhalter, ließ sie mich wieder fühlen. Wir schenkten sie uns gegenseitig und alterten gemeinsam.

Er bereicherte mein einsames, immer gleiches Leben, das vom ständigen Staub wischen schon ziemlich fade war. Wir kamen unter Leute und Hunde. Es war fulminant.

An meinem 86. Lebensjahr begannen meine Augen nachzulassen und ich wurde schwächer. Alles wurde schwieriger - anstrengend, aber ich wollte niemanden um Hilfe bitten.

Zu groß war meine Angst, dass sie mir Ringo wegnehmen würden und einschläfern. Das wollte ich nicht riskieren, also wurden unsere Spaziergänge kürzer und unsere Kuschelmomente, auf dem Sessel, länger.

An einem Mittwoch, nach dem wir früh kurz draußen waren, begann es meinem Ringo schlecht zu gehen. Er erbrach ständig weißen Schleim und ich war nur am wischen. Es nahm kein Ende und wurde auch am darauffolgenden Tag nicht besser.

Meine Tochter kam zu Besuch und sah das Dilemma. Sie meinte: „Ringo muss sofort zu einem Tierarzt." Ich nahm mein Erspartes und meinen Stock, und dann gingen wir los.

Ringo ging es sehr schlecht. Er war so schwach, dass meine Tochter ihn tragen musste.

Immer wieder erbrach er sich und meine Tochter war nur am fluchen. Er tat mir so leid. „Mein armer Ringo", dachte ich unentwegt.

Der Weg zum Tierarzt war nicht lang, aber für mich sehr weit. Ich wollte meine Schwäche nicht vor meiner Tochter preisgeben und demonstrierte Stärke. Die letzte, die ich noch hatte – für Ringo wollte ich stark sein, doch es war sehr schwer, das musste ich mir eingestehen. Ich hätte ihn auch nicht tragen können.

Als der Arzt uns ins Zimmer rief, sah er schon bekümmert aus. Er erzählte uns von Giftködern, die gehäuft in unserem Gebiet gefunden wurden und Ringos Krankheitsbild passte dazu. Der Test bestätigte es uns schnell und es gab keine Chance mehr für Ringo. Der Arzt riet mir: „Ringo einzuschläfern, um ihn von seinen Qualen zu erlösen. Er würde sowieso zeitnah sterben."

Voller Tränen stimmte ich zu und begleitete ihn in seinen letzten zehn Minuten. Sie veränderten mein schönes, altes Leben und nahmen mir ALLES. Ich kam mit Ringo und verließ die Praxis ohne ihn. Ich musste ihn zurücklassen, weil für eine Einäscherung mein Erspartes nicht reichte.

Ich hatte nichts mehr, als ich in meine leere Wohnung kam. Da waren nur noch meine Erinnerungen und die Trauer. Dann kam die Wut auf jene Menschen, die so etwas machen.

Und dann wurde ich wütend auf mich. Wegen meinen schlechten Augen sah ich nicht, das Ringo etwas aß. Ich dachte, „er schnüffelt nur solange." Dann wurde ich noch böser auf mich.

Wäre ich gestern schon zum Arzt mit ihm gegangen, wäre es garantiert nicht zu spät gewesen. Warum habe ich solange gewartet? Er hätte noch laufen können, doch ich hatte nur Angst vor dem Weg.

Die Länge der Strecke allein zurückzulegen und die Angst, dass es etwas Schlimmes ist. Und nun war genau das eingetroffen! Mein Alptraum wurde wahr.

Einsam und traurig, so, wie ich es vor unserem Zusammensein schon war, so war ich wieder. Nur noch viel einsamer und unendlich trauriger.

Es half kein Trost, den mir meine Kinder aussprachen. Nichts konnte mir meinen Lebensmut wiederbringen. Wieso sollte ich jetzt noch weiterleben? Ich verfiel von Tag zu Tag – körperlich, geistig, seelisch. Ich träumte von Ringo, ihn wieder bei mir zu haben. Ich wünschte mir sehnlichst den Tod und bekam ihn geschenkt.

Meine geistige Stärke kam zu mir zurück und auch meine physischen Kräfte wuchsen an und machten mich NEU. Ich schloss meine Augen für immer, denn ich beobachtete meinen alten, trostlosen Körper dabei - zusammen mit Ringo und Flenz, mein damaliger Ehemann.

Wir freuten uns über unsere Zusammenkunft und Flenz ging wieder seine eigenen Wege. *Er hat noch sehr viel vor und ich möchte meine Zeit lieber mit Ringo verbringen.*

Wie ein junger Welpe springt seine Seele in seinem Hundekörper und kann beliebig viele andere Gestalten annehmen. Die Kommunikation ist seelisch hervorragend und bedarf keiner Worte, aber das war sie auch schon zu Lebzeiten. Wir verstanden uns blind, weil die Vertrautheit über die Zeit anstieg.

Ich entschuldigte mich für mein Fehlverhalten und er sah mich mit seinen braunen Augen an.

Er gibt niemand die Schuld - auch nicht dem, der das Gift legte, denn Schuld ist **nichts** für ihn. Das war nur etwas für mich, als ich noch lebte.

Unzertrennlich ziehen wir jetzt weiter. Unvorstellbar die Zeit, die ich in meinem Leben ohne ihn war. Er ist mein *Schicksal*, denn mit ihm änderte sich AL-LES für mich!

JAN

Mit philosophischem Denken kam ich nicht weiter, deswegen wählte ich den lustigen Weg.

Ich wurde zum Spaßvogel in der Schule und lachte mich weiter durch mein kurzes Leben. Meine Freizeit verbrachte ich mit meinen Freunden und mit meiner Leidenschaft, dem Autoschrauben. Ich verdiente mir dadurch nebenbei etwas Geld und auch meine Eltern unterstützten mich finanziell.

So lebte ich bis zu meinem 26. Lebensjahr. Frei von allen lästigen Pflichten, immer den Humor im Mittelpunkt und ohne Sorgen.

Meine Freundinnen, die ich immer nur kurz hatte, versuchten dies zu ändern, doch ich wollte dies nicht und mich auch nicht zurechtbiegen lassen, nur um ihnen gerecht zu werden. Ich war immer mein eigener Herr und bin es auch jetzt noch.

Ich starb an einem Bahnübergang. Es war total dämlich und unüberlegt, denn wir waren nur mit Spaß bei der Sache und wollten eine Mutprobe veranstalten. Wer kann am längsten vor einem herannahenden Zug stehen bleiben?!

Es war mitten in der Nacht und wir postierten uns auf den Schienen gemeinsam. Wer zog zuerst den Schwanz ein? Ich wollte nicht derjenige sein und grinste mich in den Tod.

Mein Körper flog von mir weg, meterweit, wurde mitgeschliffen und einiges mehr. Ich spürte, wie er das tat und stand dabei aber weiterhin auf dem Gleis. **Er war nicht mehr meins!**

Der Zug zog durch mich hindurch und mein Grinsen verging mir.

Schockiert sah ich zu meinen Freunden, die mein Fehlen bemerkten. Auch sie konnten nicht mehr lachen und begannen mich zu suchen. Sie riefen nach mir. Ich antwortete ihnen, doch sie konnten mich nicht hören. Meinen Körper fand man erst im Licht der Sonne. Der Zugfahrer hatte uns auf der Schiene nicht bemerkt und spürte nur den plötzlichen Widerstand.

Das Alles geschah in den Siebzigern. Heute geht man in so einer Situation anders als Zugfahrer um, aber damals blieb er weder stehen, noch meldete er es. Er hielt mich für ein Tier, das seinen Zug gekreuzt hatte.

Erst als er Gewissheit bekam, dass es sich dabei um mich handelte, brach er zusammen. Ich weiß das, weil ich dabei neben ihm stand. Er kam nämlich noch während der nächtlichen Suche nach mir, sofort zum Ort des Geschehens.

Er war auch auf meiner Beerdigung, genauso wie meine Freunde und meine Eltern. Durch meine Dummheit waren sie traurig und das vertrieb den letzten Funken Spaß aus mir.

Ich saß lange Zeit an unseren bekannten Orten und sah mir an, wie sie weiterlebten – OHNE MICH. Das war nicht schön anzusehen, also suchte ich nach meiner Oma.

Sie war eine liebevolle Bezugsperson für mich und starb, als ich 14 Jahre alt war. Mit ihren Geschichten über Gott und ihren Zitaten aus der Bibel wollte sie mich immer zu einem anständigen Menschen erziehen.

Ich war noch nie einem so gläubigen Menschen begegnet, wie sie es war. Wie würde es ihr jetzt ergehen? Wie kann ich sie finden? Diese Fragen beschäftigten mich sehr und suchten nach einer Antwort.

Ich lief in ihre alte Wohnung, die schon mehrere Nachmieter hatte, weil ich auch oft an dem Haus vorbeiging, als ich noch lebte. Immer sah ich zu ihrem Fenster hoch, aus dem sie sonst glücklich winkte und mir noch einen belehrenden Satz zurief.

Als ihre Seele von uns ging, war das Fenster oft schwarz. Dann zog jemand für kurze Zeit ein und danach war die Wohnung wieder leer. Ich stellte mir oft vor, wie sie noch dort oben steht und mir zuwinkt. Das war mein Trost und mein Humor half mir damals sehr, mit ihrem Ableben umzugehen. Denn auch meine Oma musste manchmal über meine lustigen Worte schmunzeln, auch wenn sie dann wieder den Finger hob und Gott zitierte.

Ihre Wohnung stand erneut leer und nichts erinnerte mehr an ihre veraltete Einrichtung. Ich wusste zwar noch, wo alles stand, aber meine Vorstellungsgabe, die ich als Mensch besaß, war weg. Ich sah es nicht mehr vor mir und war allein.

„Wo bist du?" Das fragte ich sehr oft und wurde immer lauter dabei. Ich wollte es nicht wahrhaben, dass sie nicht mehr in ihrer alten Wohnung hauste. „Wo bist du nur? Oma!" Ich schrie nach ihr – vergeblich – und ging.

Eine wunderschöne Frau hinderte mich daran, den Weg zu gehen, den ich dann einschlagen wollte. Zurück zu meinem Elternhaus.

„Oma?", fragte ich leise und sie lächelte sanft. Jenes Wesen, welches sie schon früher ausstrahlte, war eins mit dieser Frau, die mir gegenüberstand.

„Wo willst du hin mein Junge?", fragte sie liebevoll und mit bezaubernder Stimme.

„Zu dir", stotterte ich und war hin und weg von ihrem Antlitz. Sie nahm mich in den Arm, geborgen, wie zu meiner Kindheitszeit. Wir bewegten uns unendlich lange, doch war es anders als zu laufen. Unsere Seelen schwebten dahin. Sie führte mich und zeigte mir den Weg.

Ein anderer Ort erschloss sich vor meinen Augen. „Wo sind wir hier? Ist hier dein Gott?", witzelte ich leise, weil ich langsam das Gefühl des Spaßes wiederbekam, bei der Zusammenkunft mit ihr.

Nicht ganz so belehrend war ihr Blick und auch ihre Worte waren lässiger, als ich es erwartete und gewohnt war.

Sie erzählte mir von ihrem Sterben. „Dass ihre

Seele sofort ihren Platz dorthin fand und nicht wie ich, auf den Schienen verweilte".

Sie platzierte uns vor einem riesigen, in die Höhe ragenden Obelisken, der hell leuchtete und die Atmosphäre belebte.

Bei ihr sind all jene, die an Gott glauben und dort bleiben möchten. Jeder von ihnen, egal welche Glaubensrichtung, hat einen Seelenanteil von sich in die Säule gegeben und sie glitzert daher unnachgiebig. Alle gemeinsam sind dadurch in ihrem Glaubensmittelpunkt verbunden und weiterhin darin bestärkt, auch wenn sie etwas von den gedachten Grundgedanken abkommen mussten.

Dann beäugte sie mich skeptisch, ob ich wirklich weiterhin bei ihr bleiben möchte. Natürlich war dies überhaupt keine Umgebung für mich!

Sie zeigte mir den Weg zurück und fragte mich, „ob ich nicht wieder meinen alten Standpunkt – den des Spaßvogels – annehmen möchte".

Etwas zurückhaltend war ich schon, weil mir dies mein vertrautes Leben nahm. Daraufhin nahm sie mich in ein Haus mit, das all meine lustigen Zellen in mir aufleben ließ. Sie wusste, dass mir das Spaß machen würde und sie hatte so sehr Recht damit.

Es war ein sogenanntes Geisterhaus, in dem es sich schon viele andere Seelen gemütlich machten, um den neugierigen Menschen Angst einzujagen.

Jeder Mensch nimmt uns auf eine andere Art wahr und jeder von **uns** kann sich anders darstellen, um durchzudringen.

Wir ließen es richtig krachen und ich lernte viel von meinen neuen Freunden. Unter anderem, wie man Elektronische Geräte beeinflusst. Zusammen zogen wir von Haus zu Haus, informierten uns über die Geschichte und stellten dann jene Geister dar, die die Menschen erwarteten.

Es ist amüsant anzusehen, wie im Laufe der Menschenjahre sich ihr Verhalten und auch ihre Möglichkeiten ‚uns aufzuspüren' erweitert haben.

Wenn sie mit diversen Tongeräten durch die Gegend laufen, um jegliches Knarren und Rauschen aufzunehmen und daraus unsere Stimmen erkennen wollen. Dabei sprechen wir meist nicht einmal deren Sprache!

Die meisten hören das, was sie hören wollen. Sie legen es sich so zurecht, dass es passt. Ein Knurren ist ein böser Geist. Ein schwarzer Schatten ist noch viel schlimmer.

Mein Freund Romeo und ich lachen herzlich darüber, wenn ich mit meiner dunklen, schattenhaften Erscheinung alle ängstige und Romeo in seiner Wolfsgestalt, die er von Zeit zu Zeit gern annimmt, neben mir knurrt. Damit sind wir beide ein perfektes Team und ziehen weiter, um noch mehr Menschen das Fürchten zu lernen, so, wie sie es erwarten, wenn sie jene Häuser aufsuchen.

Über den Autor:

Astrid Unger (Anna Beli) wurde 1983 geboren und trägt seit ihrer Kindheit viele Geschichten in sich. Mit zehn Jahren begann sie diese auf einer alten Schreibmaschine niederzuschreiben und entdeckte dabei die Freude an der Schriftstellerei.

Die Hauptthemen drehen sich um den Tod und die Seele.

Bisher erschienen:

<u>Anna Beli</u>

Wo das Leben endet und der Tod beginnt
*** Eine Kurzgeschichte aus der Perspektive eines Verstorbenen. ***

Marc möchte nur schnell etwas einkaufen gehen, als ein Verrückter mit einer Pistole vor ihm herumfuchtelt. Ein kurzer, sinnloser Moment verändert sein Leben. Viele Jahre fällt es ihm schwer mit der neuen Situation klarzukommen, doch dann findet er einen Weg. (Auch als Bonuskapitel erhältlich in den Geschichten der Toten 1-5 – Erzählungen aus einer anderen Perspektive.)

Wenn der schützende Vorhang fällt
*** Gibt es ein Leben nach dem Tod? Existiert die

Seele? Was würde geschehen, wenn der schützende Vorhang fällt und wir die Toten sehen könnten? ***

Bei Lilly, die seit frühen Kindertagen Kontakt zu ihrer Seelenliebe hat und dadurch am Rande der Schizophrenie entlang spaziert, bricht der gewohnte Alltag in sich zusammen. Gemeinsam mit ihrer Familie rutscht sie von einer Katastrophe in die nächste, denn es bilden sich sehr schnell Allianzen gegen die Seelen. Mit militärischem Einsatz wollen die Bündnisse verhindern, dass sich die Menschen weiterhin den Seelen anschließen.

Lilly muss dabei feststellen, dass die Angst vor dem Tod nicht verschwindet. Obwohl der größte Beweis hinter ihr steht: Der Tod ist nicht das Ende.

Die Geschichten der Toten – Erzählungen aus einer anderen Perspektive

*** Kurzgeschichten aus der Perspektive von verstorbenen Menschen. ***

Wenn ein Mensch stirbt, sehen wir nur die Seite der Hinterbliebenen. Die Trauer, den Verlust und der damit verbundene Schmerz. Es scheint unmöglich, dass auch die betroffenen Toten darunter leiden könnten. Sie sind getrennt von ihren Liebsten, weil sie nicht mehr so wahrgenommen werden können, wie es gewöhnlich war. Die Unendlichkeit eröffnet sich ihnen und sie blicken in eine komplett neue

Welt.

Ich habe es mir zur Aufgabe gemacht, ihnen zuzuhören und ihre Geschichten niederzuschreiben, damit sie jeder lesen kann. Denn das ist das, was sie
manchmal möchten – ihr Schicksal teilen…

Ihre Worte schreibe ich in Kurzgeschichten. Da
ich inhaltlich nichts hinzufüge, können sie auch unterschiedlich lang sein. Kaum einer möchte Alles von
sich preisgeben. So ist es auch bei ihnen, sie bestim-
men es selbst.

Astrid Unger

Der schwarze Planet ‚Ampledusia';
Seelen – Das eigentliche Sein Band 1

*** Dieses Buch enthält sehr viele leidvolle Szenen. ***

Aana erwacht in einer dunklen Welt. Noch ahnt sie
nicht, welches Schicksal auf sie wartet.

Vor ihr kniet ein Mann: „Ich habe dich erschaffen
… zeige mir, was Liebe ist." Schnell stellt sie fest,
dass dies nicht so einfach ist, wie er glaubt – denn
seine Seele hat mehrere Seiten.

Sie selbst weiß nichts über sich und geht einen langen Weg voller Schmerzen und Leid … mit wenig
Aussicht auf Licht oder Liebe.

**Der helle Planet ‚Iniriaole';
Seelen – Das eigentliche Sein Band 2**

Paedrig zeigt Aana die helle, neue Welt und noch vieles mehr. Dies ist soviel schöner, als das was sie zuvor sah und erlebte. Durch ihn lernt sie Seelenliebe richtig kennen.

Mit Awan verbindet sie eine tiefe Verbundenheit. Aber sie muss Stück für Stück verstehen, dass er nicht das ist, was sie voller Hoffnung glaubt ... und auch in ihr viel mehr steckt, als sie sich selber eingestehen will.

**Wenn die Liebe mit dem Tod beginnt;
Seelen – Das eigentliche Sein Band 3**

*** Wenn die Liebe mit dem Tod beginnt ist ein eigenständiges Buch und bildet den Abschluss von ‚Seelen – Das eigentliche Sein'. ***

Ein Traum ... Ein Alptraum – Als zwölfjährige quälte er mich jede Nacht und hielt mein Leben jahrzehntelang fest im Griff, bis ich verstand, dass mehr, sehr viel mehr, dahintersteckte.

Skurrile Erlebnisse, Ängste, Zweifel und eine verzweifelte Todessehnsucht aus Liebe begleiteten mich und eröffneten mir einen Blick in eine andere Welt.

Eine Welt, von der ich nie zu glauben vermochte, dass sie wirklich existiert – Die Welt der Toten...

Manja Barthel

Manchmal stirbt man mehrmals – oder gibt es noch anständige Männer?

Manja erzählt auf eine heitere Art 50 Jahre ihres Lebens. Eine Scheidung, zwei Trennungen, die ihr Leben veränderten und ihre unendliche Suche nach der wahren Liebe. Doch das Leben bietet auch Krankheiten und Enttäuschungen. Sie erkennt dabei, wie wichtig Familie ist.

Impressum:
Astrid Unger
Morgensternstraße 29
12207 Berlin

Herstellung und Verlag:
BoD – Books on Demand, Norderstedt
ISBN 978-3-7386-1724-5